KB080172

괴테의 예술동화

괴테의 예술동화

Die Kunstmärchen

Johann Wolfgang von Goethe
요한 볼프강 폰 괴테 · 임용호 옮김

차
례

Die Kunstmärchen

새로운
파리스

Johann Wolfgang von Goethe

새로운 파리스*

성령강림제인 일요일 전날 밤, 거울 앞에 서서 부모님이 교회 축제일을 위해 맞춰 주신 새 여름옷을 입는 꿈을 꾸었다. 너희들도 알고 있듯이, 그 옷은 은으로 된 커다란 쬠쇠가 달려 있는 깨끗한 가죽 구두에 최고급 면양말, 검은색 서지 바지, 금실로 단추 구멍을 장식한 초록색 베르칸 웃옷으로 이루어져 있었다. 게다가 금실을 넣어 만든 조끼는 아버지가 결혼식 때 입었던 조끼를 잘라서 만든 것

---

* 그리스 신화 중에서 트로이의 왕자 파리스가 헤라, 아테네 그리고 아프로디테 중에서 가장 아름다운 여인에게 황금사과를 주라는 제우스의 위촉을 받았다는 이야기에서 힌트를 얻어 엮은 동화이다.

이었다. 나는 이발을 하고 분을 발랐다. 단발머리는 꼭 작은 날개같이 보였다. 그러나 나는 옷을 제대로 입을 수가 없었다. 나는 계속 옷을 혼동했고, 두 번째 옷을 입으려고 하면 먼저 입은 옷이 흘러내리곤 했기 때문이다. 내가 매우 당황하고 있을 때, 잘 생긴 젊은 청년이 와서 정중하게 인사하며 말했다.

"아, 어서 오십시오! 뵙게 되어 반갑습니다."

"저를 알고 계십니까?"

그가 웃으면서 물었다.

"왜 모르겠습니까?"

"당신은 메르쿠르 씨죠? 당신의 모습을 그림에서 늘 보았습니다."

"그것이 바로 접니다."

그 청년이 말했다.

"신들이 중대한 용무로 당신에게 보내셨습니다. 보십시오. 여기 세 개의 사과가 있죠?"

그는 손을 내밀어 사과 세 개를 보여 주었다. 한 손으로는 다 잡을 수가 없었다. 사과들은 엄청나게 크고 아름다웠다. 게

다가 하나는 빨간색이고, 다른 하나는 노란색이고, 나머지 하나는 초록색이었다. 마치 과일 모양을 한 보석처럼 보였다. 내가 그것을 잡으려고 하자 그는 뒤로 물러서며 말했다.

"당신은 우선 이것이 당신 것이 아니라는 사실을 알아야만 합니다. 당신은 이 사과들을 도시에서 가장 훌륭한 세 청년에게 주어야 합니다. 그러면 그들은 각자 운명에 따라서 원하는 신부를 찾게 될 것입니다. 자, 이것을 가지고 당신의 임무를 잘 수행하기 바랍니다!"

그는 떠나며 나의 내민 두 손위에 사과들을 올려놓았다. 사과들이 더 커진 것같이 보였다. 높이 쳐들어 불빛에 비추어 보았더니 아주 투명했다. 그 순간 사과들이 위로 길게 늘어나더니 인형만한 어여쁜 아가씨 세 명으로 변했다. 옷 색깔은 처음 사과 색깔과 같았다. 그녀들은 내 손가락에서 살며시 빠져나와 위로 올라갔다. 나는 하나라도 붙잡으려고 날쌔게 움직였지만, 그녀들은 이미 멀리 올라가 버려서 그저 쳐다볼 수밖에 없었다. 깜짝 놀란 나는 화석이 된 듯 서서 손을 높이 든 채 무엇인가가 보이는 듯이 손가락을 자세히 들여다보았다. 그랬더니 느닷없이 내 손가락 끝에서 무척 귀여운 어린 소녀가 춤을 추며 돌고 있었다. 세 아가씨보다는 작았으나 사랑스럽고 쾌활하기 짝이 없었다. 소녀는 조금 전의 세 아가씨처럼 날아가지 않고 이 손가락 끝에서 저 손가락 끝으로 춤추며 뛰어다녔고, 나는 그것이 신기해서 한참 동안이나 들여다보고 있었다. 그 모습이 너무나 마음에 들었기에 소녀를 충분히 잡을 수 있으리라 믿었다. 그러나 그 때 나는 머리를 한 대 얻어맞은 것 같은 느낌이 들었다. 그러고는 완전히 정신을 잃고 쓰러져 옷을 갈아입고 교회에 갈 시간이 될 때까지 깨어나지 못했다.

예배를 보고 있는 동안에도 나는 소녀의 모습을 내내 떠올렸다. 외할아버지 댁에서 점심을 먹을 때도 마찬가지였다. 오후에는 친구들을 찾아가려고 했다. 새 옷을 입고 모자를 옆구리에 끼고 허리에 칼을 찬 모습을 보여주고 싶었으며 동시에 친구들을 방문해야 할 의무가 있었기 때문이다. 하지만 아무도 집에 없었다. 모두 정원에 나갔다는 말을 듣고 친구들을 따라가서 저녁을 즐겁게 보내려고 생각했다. 길은 성벽 사이에 나 있었는데, '불길한 성벽'이라는 이름에 꼭 어울리는 장소에

괴테의 예술동화

이르렀다. 그곳은 언제나 무서웠다. 나는 아주 천천히 걸어가면서 세 여신들을 생각했다. 특히 그 작은 요정 생각을 했다. 그 요정은 마음씨가 고우니 다시 한 번 내 손가락 위에서 춤을 추어 줄 것이라는 희망을 품고 가끔 손가락을 높이 들어 보았다. 이런 생각에 잠겨서 걸어가다 왼쪽 벽에서 이제껏 본 적이 없는 작은 문을 발견했다. 문은 나직해 보였으나, 문 위의 아치는 굉장히 큰 남자라도 지나갈 수 있을 것처럼 높았다. 아치와 문설주는 석공과 조각가에 의해 매우 우아하게 조각되어 있었지만, 내 주의를 끈 것은 바로 문이었다. 장식이 거의 없는 오래된 갈색 목재에는 높고 깊게 다듬어진 넓은 청동 판이 박혀 있었는데, 그 위에 조각된 나뭇가지에 진짜 새와 똑같은 새들이 앉아 있는 것을 감탄하면서 바라보지 않을 수 없었다. 그러나 이상한 것은 문에 열쇠 구멍이라곤 찾아볼 수가 없고, 손잡이도 문 두드리는 고리쇠도 없다는 것이다. 그래서 이 문은 안에서만 열 수 있게 되어 있으리라고 생각했다. 내 생각이 맞았다. 장식을 만져보려고 문 가까이 걸어가자, 문이 안쪽으로 저절로 열리며 한 남자가 나타났다. 그 남자는 약간 길고 넓은 신비한 옷을 입고 있었다. 위엄 있는 수염이 턱을 감싸고 있었다. 나는 그 사람을 유대인으로 여길 수밖에 없었다. 그는 내 마음을 알아챈 듯이 십자를 긋고 자기는 선량한 가톨릭 신자라고 알려주었다. 그리고 그는 친밀한 목소리와 태도로 말했다.

"젊은 분이 여기까지 어떻게 오셨습니까? 무엇을 하고 계신가요?"

"이 문의 조각에 감탄하고 있던 중이었습니다. 이 같은 조각은 처음 보아서요. 이것은 애호가들의 예술 수집품 중 소품임에 분명합니다."

"당신이 이런 작품들을 좋아하신다니 매우 기쁩니다. 이 문은 내부가 더 훌륭합니다. 원하신다면 안으로 들어와 보시죠."

나는 그다지 들어가 보고 싶지 않았다. 문지기의 기이한 옷차림도 그렇고 외딴 곳인 데다가 공중에 떠 있는 것처럼 느껴지는 어떤 것이 나를 불안하게 했다. 그래서 나는 외부를 좀더 관찰하겠다는 핑계를 대고 그대로 서 있었다. 문이 열려 있었기에 몰래 그 속을 들여다보았다. 바로 문 뒤에 그늘진 넓은 곳이 보였다. 일정한 간격을 두고 서 있는 늙은 보리수나무들의 가지들이 뒤엉켜 완전히 덮고 있어서 무더운 날에는 많은 사람이 그 밑에서 쉴 수 있을 정도였다. 이미 나의 발은 문턱을 넘어 섰고, 노인은 나를 한 걸음 한 걸음 안으로 인도했다. 나는 저항하지 않았다. 왕자나 술탄은 이런 경우 위험한가를 절대로 묻지 않는다고 항상 들어 왔기 때문이다. 게다가 나는 칼까지 옆구리에 차고 있었다. 만일 이 노인이 적대적으로 나서면 거뜬히 해치울 수 있을 거라는 생각이 들어 안심하고 안으로 들어갔다. 문지기가 문을 어찌나 살며시 닫았는지 알아채지 못할 정도였다. 그는 내부에 장식해 놓은 예술성이 뛰어난 작품을 보여 주고 설명하며 나에게 특별한 호의를 표했다. 나는 크게 안심하고 빙 둘러서 있는 벽을 따라 숲이 우거진 장소로 안내되어 그곳에서 경탄할 만한 것들을 많이 발견했다. 조개, 산호, 광석 들로 교묘하게 꾸민 벽감(壁龕)에는 조각된 바다신 트리톤의 입에서 흘러나오는 물로 대리석 물통이 철철 넘치고 있었다. 그 사이에는 새장들이 걸려 있었고, 다른 격자 우리에는 다람쥐가 뛰어다녔고, 모르모트들이 이리저리 기어 다니고 있었다. 거기에는 사람들이 지금껏 오직 소망해 오던 온갖 귀여운 동물들이 있었다. 앞으로 걸어가는 동안 날짐승들은 우리에게 말을 걸고 노래를 불렀다. 더욱이 찌르레기들은 가장 바보 같이 지껄이며 수다를 떨고 있었다. 한 놈은 계속 "파리스! 파리스!" 하고 떠들어대고, 또 한 놈은 "나르시스! 나르시스!" 하고 어린 학생처럼 또박또박 발음하며 소리를 질러대었다. 날짐승들이 이렇게 우짖는 동안 노인은 유심히 나를 쳐다보는 것 같았다. 나는 모르는 척했다. 사실 그에게 신경 쓸 여유도 없었다. 우리는 둥근 정원을 걸어다녔는데, 이 그늘진 장소는 원래 중요한 다른 것을 에워싸고 있는 원형이라는 것을 알 수 있었다. 우리는 어느새 작은 문으로 돌아와 있었다. 노인은 나를 문밖으로 내보내려는 눈치였다. 그러나 나의 눈길은 황금 울타리에 쏠렸다. 그 울타리는 아름다운 정원의 중앙을 둘러싸고 있는 것 같았고, 비록 노인이 나를 벽 쪽으로만 데리고 가서 중심에서 상당히 떨어진 채 다녔지만, 걸어가는 도중에 이것을 충분히 볼 수 있는 기회가 있었다. 그가 막 작은 문으로 걸어갔을 때, 그에게 인사를 하면서 내가 말했다.

"당신께서는 저에게 무척 친절하게 대해 주셨습니다. 헤어지기 전에 한 가지 더 청을 드리고 싶습니다. 넓은 원형으로 정원 내부를 둘러싸고 있는 저 황금 울타리를 좀 더 가까이에서 살펴봐도 되겠습니까?"

"좋습니다. 그러나 몇 가지 조건을 지켜야 합니다."

"조건이란 어떤 것입니까?"

나는 성급하게 물었다.

"당신의 모자와 칼을 여기에 남겨 두고, 제가 당신을 안내하는 동안 제 손을 놓으면 안 됩니다."

"기꺼이 그렇게 하겠습니다."

나는 대답을 하고 모자와 칼을 가장 좋은 돌 의자 위에 올려놓았다. 노인은 오른손으로 나의 왼손을 힘주어 잡고 앞으로 걸어갔다. 울타리 앞까지 온 순간 나의 의아심은 감탄으로 바뀌었다. 이런 것은 한 번도 본 적이 없었다. 높은 대리석 받침대 위에 무수한 창과 도끼, 칼 들이 나란히 세워져 있었고 특이하게 장식된 위쪽 끝부분이 서로 연결되어 전체가 하나의 원을 형성하고 있었다. 나는 그 틈새들을 통해 뒤쪽에서 부드럽게 흐르는 한 줄기 물을 보았다. 양쪽 가장자리에 대리석이 둘러 처진 맑고 깊은 물속에는 많은 금붕어와 은붕어가 천천히 또는 잽싸게, 때로는 흩어지고 때로는 무리를 지으며 이리저리 헤엄치고 있었다. 그 때 나는 정원의 중심이 어떻게 만들어져 있는지 궁금해, 물길 저편을 넘겨다보고 싶었다. 하지만 유감스럽게도 물길 건너편도 똑같은 울타리로 둘러싸여 있었다. 더군다나 어찌나 교묘하게 되어 있는지 이쪽의 틈새는 저쪽의 창과 도끼, 칼에 막히고 또 장식물들로 가려져 있어 어떤 위치에서도 들여다 볼 수가 없었다. 더구나 노인이 여전히 나를 꼭 붙잡고 있었으므로 방해가 되어 자유롭게 움직일 수 없었다. 내가 본 이 모든 것에 대한 호기심은 더욱 커졌다. 그래서 나는 용기를 내어 노인에게 저쪽으로 건너갈 수 없느냐고 물어 보았다.

"안 될 리가 있겠습니까? 그러나 새로운 조건이 필요합니다."

내가 그 조건을 묻자 노인은 옷을 갈아입어야 한다고 대답

괴테의 예술동화

했다. 나는 그 조건이 대단히 기뻤다. 노인은 나를 뒤에 있는 벽 쪽의 작고 깨끗한 방으로 인도했다. 그 방의 사방 벽에는 가지각색의 옷들이 걸려 있었고, 그것들은 전부 동양 의상에 가까운 듯했다. 나는 재빨리 옷을 갈아입었다. 노인은 내 머리카락에 뿌린 분을 놀랄 정도로 힘차게 털어 낸 다음 알록달록한 그물을 씌워 주었다. 큰 거울 앞에 서니 변장한 내가 멋있어 보였고, 일요일이나 축제일에 입는 어색한 나들이옷보다 마음에 들었다. 나는 프랑크푸르트 박람회 극장에서 무용수들이 하듯이 우아한 몸짓과 뛰는 동작을 하며 거울 속을 들여다보다 우연히 내 뒤에 있는 벽감을 발견했다. 벽감의 하얀 바닥에는 녹색 끈이 세 줄 달려 있었고 끈마다 다르게 꼬여 있었는데 멀리서는 확실히 알아볼 수가 없었다. 나는 재빨리 뒤돌아 노인에게 벽감과 끈에 관해서 물어보았다. 노인은 무심코 끈 하나를 끌어내려서 나에게 보여 주었다. 그것은 상당히 튼튼한 녹색 비단 끈이었다. 끈의 양 끝은 두 군데 구멍이 뚫린 녹색 가죽에 연결되어 있었고, 그다지 환영받지 못하는 용도에 사용하는 도구처럼 보였다. 그 물건이 미심쩍어서 나는 노인에게 다시 물었다. 노인은 무척 침착하고 친절하게 이 끈은 여기에서 준 신임을 남용하는 사람들을 위해 준비해 놓은 것이라고 대답했다. 노인은 끈을 다시 제자리에 걸어 놓고 빨리 자기를 따라오라고 했다. 이번에는 나를 붙들고 다니지 않았다. 그래서 나는 그의 곁을 여유롭게 따라갔다.

이제 나의 호기심은 울타리를 통과해서 수로를 건너가는 문과 다리가 어디 있는지에 쏠렸다. 여태껏 그런 것을 찾을 수 없었기 때문이다. 그래서 우리가 황금 울타리 쪽으로 급히 달려 갈 때 그것을 자세히 관찰했다. 그러나 순간적으로 나는 아무것도 볼 수 없었다. 별안간 창, 투창, 쌍창, 양날 창 들이 움직이고 흔들리기 시작했던 것이다. 이 기이한 움직임은 보병용 창으로 무장한 중세의 두 부대가 상대방을 향해 돌격하려는 순간처럼 창끝이 일제히 내려지면서 끝났다. 눈을 어지럽히는 혼란과 귀를 뚫는 소음은 도저히 참을 수가 없었지만, 창들이 완전히 수그러져 둥그런 수로를 덮고 상상조차 할 수 없는 화려한 다리를 이룬 순간의 모습은 너무나 놀라웠다. 눈앞에는 화려한 정원 화단이 있었다. 그것은 엇갈린 화단으로 분할되어 있어 전체를 보면 미로의 장식을 이루고 있었다. 화단들은 내가 지금껏 보지 못했던 솜털이 있는 파란 작은 식물들로 둘러져 있었고, 꽃들은 다양한 색깔별로 나누어져 있었으며, 역시 키가 작고 지면에 붙어 있어 설계되었던 단면 모습을 쉽사리 알 수 있었다. 가득한 햇살 속에서 본 이 아름다운 광경은 나의 시선을 완전히 사로잡았다. 나는 어디에 발을 들여놓아야 좋을지 몰랐다. 꼬불꼬불한 길들에는 깨끗한 푸른빛 모래가 깔려 있었고, 그 모래는 감색 하늘을, 아니 물속에 비친 하늘을 지상에 그려 놓은 것 같았다. 나는 땅만 내려다보며 잠시 안내자를 따라가다가 드디어 이 둥근 화단의 한가운데에 삼나무인지 포플러나무인지 모를 나무들이 수없이 무리 지어 서 있는 것을 보았다. 맨 아래 가지가 마치 땅에서 솟아난 듯 자라고 있어 나무 사이로 저쪽을 건너다볼 수가 없었다. 나의 안내자는 나를 제일 가까운 길로 곧장 데려가지 않고 직접 중앙으로 안내했다. 그래서 키 큰 나무들의 무리 속에 들어오면서 훌륭한 정자의 현관을 눈앞에서 보았는데 굉장히 놀라웠다. 그 정자는 어느 쪽에서나 비슷해 보이는 모양과 입구를 가지고 있었다. 건축 예술의 전형보다 한층 나를 기쁘게 한 것은 정자 안에서 흘러나오는 매혹적인 음악 소리였다. 그것은 라호테나 하프 아니 치터 소리 같았고, 때로는 세 악기 중 어느 것에도 해당되지 않는 울림 같았다. 노인이 문을 향해 걸어가서 살며시 손을 대니까 문이 저절로 열렸다. 밖으로 나온 여자 문지기가 꿈에 내 손가락 위에서 춤을 추었던 아름다운 아가씨와 똑같은 것을 보고, 나는 얼마나 놀랐는지 모른다. 그녀는 우리가 구면이라는 양 인사를 하더니 나를 안쪽으로 청했다. 노인은 밖에 남아 있었고, 나와 그녀는 둥근 천장이 아름답게 장식된 짧은 복도를 지나 중앙의 홀 쪽으로 걸어갔다. 안에 들어서자 사원같이 높은 홀의 화려함이 시선을 끌었고 감탄케 했다. 그러나 나의 눈길은 오랫동안 이 홀에만 머무를 수가 없었다. 그것보다 더욱 매력적인 광경에 유혹당했기 때문이다. 마침 둥근 천장의 중심부 아래 융단 위에 세 가지 색깔의 옷을 입은 세 여인이 삼각형을 이루고 앉아 있었는데 그 중 한 명은 빨간 옷을, 또 한 명은 노란 옷을, 다른 한 명은 초록색 옷을 입고 있었다. 안락의자들은 금빛으로 도금되어 있었으며, 융단

괴테의 예술동화

은 완벽한 화단이었다. 여인들의 팔에는 아까 밖에서 들었던 세 악기가 안겨 있었다. 내가 들어와 방해가 되는지 여인들은 연주를 멈추었다.

"잘 오셨습니다!"

빨간 옷에 하프를 들고 문 쪽을 향해 가운데 앉아 있던 여인이 말했다.

"당신이 음악을 좋아하신다면 알레르테 옆에 앉아서 들으십시오."

그제야 비로소 만돌린이 놓여 있는 긴 의자가 눈에 띄었다. 그 어여쁜 아가씨는 악기를 들고 자리를 잡은 후, 나를 자기 곁으로 끌었다. 그 때 나는 오른편에 앉은 여인을 찬찬히 들여다보았다. 그 여인은 노란색 옷에 치터를 들고 있었다. 하프를 탄주하는 여인은 아름다운 자태와 고상한 생김새와 위엄 있는 태도를 갖추고 있었으며 치터를 연주하는 여인에게서는 쾌활하고 애교 있는 성격을 엿볼 수 있었다. 그 여인은 날씬하고 금발이었고, 하프를 든 여인은 짙은 갈색 머리였다. 그들의 복잡하지만 조화로운 음악을 들으면서 나는 초록 옷을 입고 있

는 미인을 관찰하지 않을 수 없었다. 그 여인의 라우테 연주
는 감동적이고 훌륭했다. 그 여인이 나에게 가장 주의를 기울
이고 나를 위해 연주하고 있는 것 같았다. 다만 그녀의 정체를
알 수가 없었다. 그녀의 표정은 연주의 변화에 따라 때로는 정
답게, 때로는 무뚝뚝하게, 때로는 솔직하게, 때로는 완고하게
보였기 때문이다. 그녀의 연주는 나를 감동시키는가 하면 조
롱하는 것 같았다. 그러나 그녀가 어떤 태도를 취한다 한들 내
마음을 조금도 뺏을 수가 없었다. 나와 나란히 앉은 여자가 내
마음을 온통 차지했던 것이다. 세 여인이 입고 있는 옷 색깔이
바로 꿈에서 본 요정과 사과의 색깔이라는 것을 알 수 있었다.
하지만 그것이 그녀들을 붙잡을 이유가 될 수 없음을 깨달았
다. 꿈속에서 저 조그맣고 어여쁜 여인에게 일격을 당한 기억
이 없었던들 아름다운 그녀들을 붙잡고 싶었다. 그녀는 그 때
까지 만돌린을 들고 조용히 앉아 있었다. 여인들이 음악을 멈
추자 그녀에게 즐거운 노래 몇 곡을 연주하도록 명령했다. 그
녀는 몇 가지 신나는 무도곡의 연주를 마치자 몸을 죽 뻗으며
춤을 추었다. 나도 같이 춤을 추었다. 그녀는 연주도 하고 춤

도 추었다. 나는 그녀의 발걸음에 맞추느라고 정신이 없었다. 우리는 일종의 발레를 추었고, 세 여인은 매우 만족스러웠던 모양이다. 우리의 춤이 끝나자, 여인들은 작은 아가씨에게 저녁 식사가 나오기 전에 나에게 맛있는 것을 대접해 주라고 명령했다. 나는 이 낙원 말고 또 다른 세상이 있다는 사실을 잊고 있었다. 알레르테는 내가 들어왔던 길로 다시 나를 안내했다. 그녀는 복도 옆에 잘 꾸며진 방 두 개를 가지고 있었다. 그중 자기가 지내는 방에서 나에게 오렌지, 무화과, 복숭아, 포도를 내놓았다. 나는 외국산 과일과 철 이른 과일들을 무척 맛있게 먹었다. 과자 역시 얼마든지 있었다. 또 그녀는 근사하게 깎인 수정잔에 거품이 솟는 포도주도 가득 따라 주었다. 그러나 나는 과일을 실컷 먹어서 포도주를 마실 생각이 없었다.

"자! 이젠 구경하도록 해요."

그녀는 나를 다른 방으로 안내했다. 거기에는 마치 크리스마스 시장 같은 광경이 펼쳐져 있었다. 이렇게 값지고 훌륭한 물건들은 어느 크리스마스 상점에 가도 결코 볼 수 없는 것들이었다. 갖가지 인형과 인형 옷과 인형 도구, 부엌, 거실, 가게를 비롯한 조그마한 장난감들이 헤아릴 수 없을 만큼 많았다. 그녀는 나를 유리장들 앞으로 안내했다. 유리장 속에는 예술 작품들이 보관되어 있었다. 처음 몇 개의 장을 이내 닫으면서 그녀가 말했다.

"이것은 당신이 보실 것이 아니에요. 제가 잘 알고 있지요. 이쪽에는 건축 재료들이 있습니다. 벽, 탑, 집, 궁전, 교회 들을 지어 대도시 하나를 만들 정도로 많습니다. 그러나 별로 재미가 없어요. 저와 함께 재미나는 다른 것을 해요."

그녀는 상자 몇 개를 끄집어냈다. 상자 속에는 작은 병정들이 차곡차곡 쌓여 있었다. 나는 그렇게 멋진 것을 한 번도 본 적이 없다고 고백했다. 하나하나 자세히 살펴볼 시간을 주지 않고 그녀가 상자 하나를 옆구리에 끼기에 나는 다른 상자를 손에 들었다.

"우리 황금 다리 위로 가죠. 거기가 병정놀이를 하기 제일 좋으니까요. 군대를 대치시키는 방법은 창끝을 방향대로 놓으면 됩니다."

우리는 흔들리는 황금 다리 위에 도착했다. 내가 무릎을 꿇

괴테의 예술동화

고 군대의 대열을 배치하는 사이 밑에서는 물이 흐르고 고기들이 철벅거리며 노는 소리가 들렸다. 이제 보니 모두가 기병이었다. 그녀는 아마존 여인국의 여왕이 여군의 지휘자인 것을 자랑스러워했다. 내 것은 반대로 아킬레스와 위풍당당한 그리스 기병대였다. 두 군대가 마주 서 있는 광경은 더할 나위 없이 훌륭했다. 그것들은 우리가 흔히 가지고 있는 납으로 만든 시시한 병정들이 아니라 사람이나 말은 통통하고 골격이 좋았으며 아주 정교하게 만들어져 있었다. 그것들은 발판 없이 서 있었는데, 어떻게 중심을 잡고 있는지 도저히 이해할 수가 없었다.

우리는 만족스러운 마음으로 군대를 들여다보았다. 그 때 그녀가 나에게 선전 포고를 했다. 상자에는 대포도 들어 있었다. 두꺼운 종이로 만들어진 상자들에는 잘 다듬어진 작은 마노 알이 가득했다. 우리는 일정한 거리에서 싸웠는데, 납 인형들을 쓰러뜨릴 때 필요 이상으로 세게 던져서는 안 된다는 엄중한 조건이 있었다. 인형을 하나라도 망가뜨려서는 안 되기 때문이었다. 쌍방에서 포격이 시작되었다. 처음에는 양쪽 모두 만족했다. 그러나 상대방은, 내가 조준을 더 잘하는 데다가 쓰러지지 않고 남아 있는 병사들의 수로 승리가 결정된다는 사실을 깨닫고는, 그녀는 가까이 다가와 마노를 던져서 승리를 거두어 갔다. 그녀는 많은 정예 부대를 쓰러뜨렸고, 내가 항의하면 할수록 점점 신이 나서 던졌다. 마침내 나는 화가 나서 같은 방법을 쓰겠다고 선언했다. 나는 정말로 가까이 다가가 화가 솟구치는 대로 세게 던졌다. 작은 여자 용사 두서너 개가 박살나 버렸다. 그녀는 너무 열중한 나머지 금방 알아차리지 못했다. 부서진 인형들은 저절로 다시 붙어서 아마존 왕국 여기사와 말이 하나가 되는 동시에 완전히 회복되어 급히 황금 다리에서 보리수나무 아래로 달려가, 이리저리 빠르게 뛰어다녔다. 그리고 드디어 벽 쪽으로 가서 어떻게 사라졌는지 순식간에 없어져 버렸고, 나는 화석이 된 듯 멍하니 서 있었다. 아름다운 아가씨는 이것을 알아차리자 큰 소리로 울고 애통해하면서, 보상할 수 없을 만큼 큰 손실을 입혔다고 아우성을 쳤다. 그러나 이미 화가 나 있던 나는 그녀를 괴롭힌 것이 기뻤고, 아직 몇 개 남아 있는 마노 알을 닥치는 대로 그녀

괴테의 예술동화

의 군대 속으로 집어던졌다. 그런데 불행히도 지금까지 게임에서 제외되었던 여왕을 적중시키고 말았다. 여왕은 산산조각이 났고 그 옆에 있던 부관들 역시 박살이 났다. 그러나 그들 또한 재빨리 원상태로 돌아가 처음 인형들처럼 말을 타고 도망쳐 보리수나무 밑을 요리조리 달리더니 벽 쪽으로 사라져 버렸다. 아가씨는 나를 비난하며 욕을 퍼부었다. 공격에 정신이 팔려 있던 나는 황금 창들 곁에서 굴러다니는 마노 알을 몇 개 집으려고 허리를 굽혔다. 분노에 찬 나의 소망은 그녀의 군대를 전부 파괴하는 것이었다. 그녀는 가만히 있지 않고 나에게 덤벼들어 머릿속에서 윙 소리가 나도록 뺨을 갈겼다. 젊은 아가씨가 뺨을 때리는 데에는 그에 상응하는 힘찬 키스가 당연하다는 말을 늘 들어 왔던 터라 나는 그녀의 두 귀를 붙잡고 몇 번의 키스를 해주었다. 그러나 그녀는 깜짝 놀랄 정도로 날카로운 소리를 질렀다. 나는 그녀를 놓아 주었다. 그것이 나에게는 행운이었다. 그 순간 나에게 무슨 일이 일어났는지 몰랐기 때문이다. 땅이 흔들리고 절거덕거리는 소리를 내기 시작했다. 또 울타리가 다시 움직이기 시작하는 것을 금세 깨달았다. 그러나 나는 생각할 겨를도 없었고 도망은커녕 겨우 몸만 버틸 따름이었다. 나는 창에 찔릴까 봐 두려웠다. 똑바로 솟아 있던 창과 도끼가 달린 창 들이 벌써 내 옷을 찢어 놓았던 것이다. 하여튼 나에게 무슨 일이 일어났는지 도무지 알 수 없었고 들리지도 보이지도 않았다. 울타리가 펄쩍 튀는 힘으로 나를 보리수나무 밑으로 내던지는 바람에 나는 실신 상태와 공포에서 기운을 되찾았다. 정신을 차리면서 나의 분노가 되살아났다. 다른 편에서 나보다 가볍게 땅에 떨어진 것 같은 아가씨의 조소하는 말과 웃음소리가 들려왔을 때, 나의 분노는 한층 격렬해졌다. 나는 벌떡 일어나 울타리가 튀는 바람에 나와 지휘관 아킬레스와 함께 소부대가 이쪽으로 날아와서 주위에 뿔뿔이 흩어져 있는 것을 발견하고는 우선 그 영웅을 잡아 나무를 향해 던졌다. 그가 본래의 모습으로 돌아가 도망치는 것은 갑절이나 유쾌했다. 남의 불행을 기뻐하는 마음과 세상에서 가장 아름다운 모습을 동시에 느낄 수 있었기 때문이다. 내가 그리스 군 전체를 아킬레스의 뒤를 따르게 하려는 순간, 별안간 물이 쏴쏴거리며 바위와 벽, 땅바닥, 나뭇가지 등 사방에서 솟구쳐 나왔다. 내가 어느 쪽을 향해 서 있어도 여기저기에서 나에게 물이 쏟아졌다. 나의 얇은 옷은 순식간에 흠뻑 젖어버리고 말았다. 옷은 벌써 찢겨 있었으므로 서슴지 않고 벗어버렸다. 신발과 옷들도 하나하나 벗어 던졌다. 따뜻한 날에 일광욕을 하게 해준 것을 기분 좋게 여겼다. 옷을 남김없이 벗고 물속을 당당히 걸어 다녔고, 오랫동안 이 상쾌한 기분으로 있었으면 했다. 분노가 가라앉아 작은 아가씨와 화해하는 것 외에는 아무것도 원치 않았다. 그 때 갑자기 물이 그치는 바람에 나는 젖은 채 물이 흘렀던 땅 위에 서 있게 되었다. 노인의 예기치 않은 출연은 못마땅했다. 나는 몸을 감추지는 못할망정 최소한 가릴 수 있기를 원했다. 수치감과 오한과 조금이라도 몸을 가리겠다는 노력이 나로 하여금 다시 없는 측은한 모습을 하게 했다. 노인은 이 기회를 이용해 나를 단단히 질책하려 했다.

"내가 초록색 끈 하나를 잡고 그것으로 당신의 목까지는 몰라도 등을 때리는 것쯤은 그리 어려운 일이 아니오!"

이 위협은 나의 기분을 무척 상하게 했다.

"그런 말을, 아니 그런 생각조차 삼가도록 하시오. 그렇지 않으면 당신과 여주인들을 없애 버리겠소!"

나는 소리쳤다.

"그대가 대체 누군데 그런 소리를 하는가?"

노인은 대담하게 물었다.

"신에게 선택된 남자요. 저 여인들이 훌륭한 남편들을 찾아내서 행복한 인생을 보낼 것인지, 아니면 마의 수도원 속에서 번민하며 늙어 갈 것인지 내 손에 달려 있소."

노인은 몇 발자국 뒤로 물러섰다.

"누가 그런 것을 그대에게 알려 주었소?"

노인은 정색을 하고 의심스러운 듯 물었다.

"세 개의 사과, 세 개의 보석이오."

"어떠한 대가를 원하오?"

노인이 물었다.

"나를 이렇게 끔찍한 상태로 만든 저 조그마한 인간을 원하오."

나는 대답했다.

괴테의 예술동화

노인은 아직도 물에 젖어 진창인 땅 위에 주저하지 않고 엎드렸다. 그런데 몸은 젖지 않았고 다시 일어서더니 정답게 내 손을 잡고 홀로 인도했다. 그가 재빨리 옷을 입혀 주어서 나는 곧 전과 같이 성장(盛粧)을 하고 머리를 가다듬었다. 문지기는 그 후로는 한마디도 하지 않았다. 그는 나를 문에서 내보내기 전에 나를 붙들고 길 건너 벽에 있는 몇 개의 대상을 가리켰다. 동시에 뒤에 있는 작은 문도 가리켰다. 나는 그것을 유념했다. 그는 어느새 뒤에서 닫혀진 작은 문을 더 확실하게 발견할 수 있도록 여러 가지 사물들을 기억시키려 했던 것이다. 나는 앞에 있는 것들을 명심해 두었다. 높은 벽 위로 꽤 오래된 호두나무의 큰 가지들이 넘어와 벽이 끝나는 부분의 일부를 덮고 있었다. 잔가지들이 돌로 만든 석판까지 뻗어 있어 그 테두리 장식은 잘 알아볼 수 있었지만 그 안의 글씨는 읽을 수 없었다. 이것은 벽감의 석대 위에 자리 잡고 있었다. 이곳에서는 정교하게 만들어진 분수가 수반에서 수반으로 떨어져 작은 연못 같은 커다란 물통으로 흘러왔다가 땅 속으로 스며들었다. 분수, 벽문, 호두나무는 수직으로 겹쳐 있었다. 나는 본 대로 그림을 그려 두고 싶었다.

  내가 이 날 저녁과 다음 며칠을 어떻게 지냈는지, 또 나 자신도 믿을 수 없었던 이 이야기를 내가 얼마나 자주 반복했는지 상상하기 어렵지 않을 것이다. 나는 가능한 한 다시 '불길한 성'으로 가서 최소한 기억의 표적을 새롭게 하고 그 훌륭한 작은 문을 관찰하고 싶었다. 그러나 놀라운 것은 모든 것이 변해 버렸다는 점이었다. 호두나무는 벽 위로 높이 솟아 있었으나 옆으로 나란히 서 있지는 않았다. 석판이 하나 벽에 끼어 있었지만 나무에서 훨씬 오른쪽에 있었고, 장식은 없었으며, 글씨는 읽을 수 있었다. 분수가 있는 벽감은 더 왼쪽에 있었고, 내가 보았던 것과는 닮은 점이 전혀 없었다. 그래서 나는 이 두 번째 사건도 첫 번째 사건과 같이 꿈이 아닌가 하고 생각할 정도였다. 작은 문은 흔적조차 찾아볼 수가 없었기 때문이다. 나를 위로해 준 유일한 사실은 저 세 가지 물건들이 끊임없이 위치를 바꾸는 것처럼 보였다는 것이다. 그 곳을 여러 번 방문하면서 호두나무들이 서로 약간 다가갔다는 사실과 석판과 분

수 역시 서로 가까워진 것처럼 보인다는 사실을 발견했던 것
이다. 아마 다시 마주칠 때면 문도 새롭게 보일 것이다. 그러
면 나는 다시 모험을 하기 위해 할 수 있는 한 모든 것을 하겠
지만, 내가 너희들에게 장차 일어날 일을 이야기해 줄 수 있을
지, 아니면 그렇게 하지 못할지 지금은 뭐라 말할 수 없다.

파리스의 심판 〈루벤스 그림(1636년) 런던 내셔널 갤러리 소장〉

Die Kunstmärchen

새로운
멜루지네

Johann Wolfgang von Goethe

새로운 멜루지네*

존경하는 여러분! 여러분이 서
론이나 서두를 그다지 좋아하지 않는다는 것을 잘 알고 있습
니다. 솔직히 말씀드리면, 이번만은 여러분의 마음을 흡족하
게 할 수 있으리라 믿습니다. 저는 수많은 실화를 이야기하여,
여러 면에서 흡족하게 만족을 얻었습니다. 하지만 지금부터
하고자 하는 이야기는 예전보다 훨씬 훌륭하다고 생각합니다.
이미 수년 전 저의 신변에서 일어난 일이었지만 지금도 그 때

---

* 멜루지네는 프랑스에서 건너와 독일에 널리 퍼진 민화의 여주인공 이름이다. 그녀는
물의 요정이지만 인간의 모습을 하고 그리고 인간과 사랑에 빠져 그의 아내가 된다.
어느 날 목욕을 하던 중 얼떨결에 물의 요정으로 되돌아가는 모습을 남편에게 들켜
인간세계를 떠나게 된다.

를 생각하면 불안을 느낍니다. 그뿐 아니라 최종적인 해결을 희망합니다. 저의 이야기와 비슷한 것을 발견하리란 어려운 일입니다. 우선 고백해야 할 일은 저의 생활 방식이 지금 당장은 말할 것도 없고 미래의 일도 자신을 가질 수 없는 계획 없는 생활이라는 점입니다.

저는 젊었을 때 알뜰하게 살림을 꾸려나가는 편이 못 되었기에 여러 가지로 힘든 일을 겪곤 했습니다. 한 번은 돈을 왕창 벌어볼 양으로 여행을 계획한 일이 있었습니다. 그러나 저는 그 준비를 너무 야단스럽게 하는 바람에 처음에는 특별 우편마차로 여행길에 올랐지만, 그 후 얼마 동안은 보통 마차로 여행을 계속하였습니다. 그리고 마지막에는 어쩔 수 없이 걸어서 목적지에 가야 했었습니다.

* * *

나는 혈기 왕성한 젊은이였던 시절에 여관에 도착하면 우선 곧바로 안주인이나 여자 요리사를 찾아가 아양을 떠는 것이

습관처럼 되어 있었습니다. 그렇게 하면 대개의 경우 숙식비를 약간은 깎을 수 있었기 때문입니다.

어느 날 밤 자그마한 시골 거리의 역 주변의 여관에 들어가 그런 식으로 행동하려고 할 때 나의 등 뒤로 네 마리의 말이 끄는 2인승의 아름다운 마차가 문으로 들어왔습니다. 마차 안에는 숙녀 한 분이 시녀나 하인도 없이 혼자 앉아 있었습니다. 나는 곧바로 달려가 숙녀를 위해 마차의 문을 열고 뭐든지 시키실 일이 없느냐고 물었습니다. 마차에서 내린 숙녀의 모습은 참으로 아름다웠습니다. 하지만 아름다운 얼굴을 자세히 보니 어딘지 모를 슬픈 그림자가 드리워져 있었습니다. 나는 다시 한 번 도와 드릴 무슨 일이 없느냐고 물었습니다. 그러자 그녀가 말했습니다.

"네, 있어요. 좌석 위에 있는 작은 상자를 조심스럽게 들어 방으로 갖다 주었으면 좋겠어요. 제발 부탁드리지만, 작은 상자는 단단히 붙잡아야지 조금이라도 움직이거나 흔들면 안 돼요."

내가 작은 상자를 조심스럽게 들자, 그녀는 마차의 문을 닫고 나와 함께 계단을 올라갔습니다. 그리고 그녀는 여관의 하녀에게 '오늘 밤 여기서 쉬어 가겠다'고 말했습니다. 방안에 우리 두 사람만 남게 되었습니다. 그녀는 작은 상자를 벽 옆에 있는 테이블 위에 갖다 놓으라고 말했습니다. 그녀가 보인 이런저런 행동에서, 그녀가 혼자 있기를 원한다고 생각했습니다. 그래서 그녀의 손에 정중하면서도 열렬하게 입을 맞추고 물러나려고 했습니다. 그러자 그녀가 말했습니다.

"우리 두 사람 분의 저녁 식사를 주문하여 주세요."

내가 얼마나 기쁜 마음으로 부탁받은 일을 했는지 상상할 수 있을 겁니다. 나는 의기양양해져 여관 주인이나 여자 요리사 그리고 하인들을 거들떠보지도 않았습니다. 급한 마음으로 다시 그녀 곁으로 갈 순간만 고대했습니다. 식사가 준비되어 왔습니다. 우리는 서로 마주 앉았습니다. 나는 오래간만에 처음으로 맛있는 음식과 더할 나위없는 전경을 동시에 즐겼습니다. 정말이지 그녀는 시간이 갈수록 더욱 아름다워지는 것 같았습니다.

그녀의 말은 다정다감하였지만 애정이나 사랑에 관한 말은 일체하지 않으려 했습니다. 식사를 마치자 나는 우물쭈물하면

괴테의 예술동화

서 이런 저런 핑계를 대면서 그녀에게 가까이 가려고 했지만 소용이 없었습니다. 그녀는 섣불리 손을 내밀 수 없는 어떤 위엄을 지니고 나의 접근을 막았습니다. 그래서 나는 섭섭하지만 가능한 빨리 그녀와 작별하는 수밖에 없었습니다.

　나는 불안한 꿈으로 거의 잠을 이루지 못하고 하룻밤을 지새웠습니다. 다음날 아침 일찍 일어나, 그녀가 말을 부탁했는지 물어보았습니다. '아니오'라는 대답을 듣고 마당으로 나갔습니다. 그녀가 옷을 갈아입고 창가에 서 있는 것이 보였기에 서둘러 그녀가 있는 곳으로 올라갔습니다. 그녀는 말할 수 없이 아름다웠습니다. 어제보다도 훨씬 아름다웠고 나를 반갑게 맞아주었습니다. 그래서 나의 가슴속에서 애정과 장난기 그리고 대담성이 단번에 끓어올랐습니다. 나는 그녀 곁으로 달려가 두 팔로 그녀를 꼭 껴안았습니다. 그러고는 외쳤습니다.

　"천사 같은 당신! 용서해 주십시오. 나는 더 이상 참을 수가 없습니다."

　그녀는 믿을 수 없을 만큼 재빨리 내 팔을 빠져 나가 그녀의 뺨에 입맞춤할 기회조차 주지 않았습니다.

"이런 갑작스럽고 격정적인 애정의 표출은 삼가주세요. 만일 당신이 가까이 있는 행복을 놓치지 않으려면 말이에요. 물론 그 행복은 여러 가지 시련을 겪은 후에 손에 넣을 수 없는 것이죠."

"천사 같은 당신! 원하는 것은 무엇이든지 말해 보십시오."

나는 외쳤습니다.

"다만 나를 절망에 빠지게는 말게 해 주십시오."

그녀는 미소를 지으면서 대답했습니다.

"당신이 저에게 몸을 바쳐 봉사할 생각이라면 조건을 들어주세요! 내가 이곳에 온 것은 여자 친구 한 분을 방문하고 싶었기 때문입니다. 그 친구 집에서 이삼 일 정도 묵을 예정입니다. 그런 동안 내 마차와 이 작은 상자를 먼저 보내고 싶어요. 당신이 이 일을 맡아 해주실 수 있는지요? 그럴 경우 당신이 해 주셔야 할 일은 이 상자를 조심스럽게 마차 안에 옮기거나 내려놓는 일 그리고 작은 상자가 마차 안에 있을 때 그 옆에 앉아 모든 정성을 이 상자에 기울이는 일입니다. 당신이 숙소에 도착하면 작은 상자는 특별히 마련된 방의 테이블 위에 놓아두세요. 하지만 당신은 그 방에서 기거해도 안 되고 자도 안 돼요. 그 방은 언제나 이 열쇠로 잠가 주세요. 이 열쇠는 어떤 자물쇠라도 열었다 닫았다 할 수 있으나, 당신이 없는 동안에는 아무도 열 수 없는 특별한 능력을 가지고 있어요."

그녀의 얼굴을 쳐다보았을 때, 나는 이상한 생각이 들었습니다. 나는 다시 그녀를 만날 수 있다는 희망만 있다면, 이 희망을 입맞춤으로 보상받을 수 있다면 무슨 일이든지 하겠다고 그 자리에서 약속했습니다. 그러자 그녀는 그렇게 해 주었습니다. 이 순간부터 나는 완전히 그녀의 노예가 되었습니다. 그녀는 나에게 말을 준비하라고 일렀습니다. 내가 가야 할 길과 그녀를 기다리면서 묵어야 할 여관에 대해 의논했습니다. 마지막으로 그녀는 금화가 들어있는 돈지갑을 내 손에 쥐어 주었고, 나는 그녀의 손에 입맞춤했습니다. 작별할 때 그녀는 감동하는 것 같았습니다. 내가 무슨 일을 했는지, 또 무슨 일을 해야 하는지 더 이상 알 수 없었습니다. 내가 말을 준비해 놓고 돌아왔을 때 방문은 잠겨 있었습니다. 곧 열쇠를 시험해 보았더니 자연스럽게 방문은 열렸지만, 방은 텅 비어 있었고 작은 상자만이 내가 놓아 둔 테이블 위에 그대로 있었습니다.

마차가 현관 앞에서 기다리고 있었습니다. 나는 그 작은 상자를 조심스럽게 아래층으로 운반하고 내 좌석 옆에 갖다 놓았습니다. 그 때 여관 안주인이 물었습니다.

"귀부인은 어디 계시죠?"

그 때 어린 아이가 대답했습니다.

"그분은 시내로 갔어요."

나는 여관 사람들에게 인사를 하고 개선장군처럼 이곳을 떠났습니다. 어젯밤만 해도 먼지투성이의 각반을 차고 여기에 도착한 나였습니다. 그런데 이제 한가해져 이 일을 이모저모로 생각해 보기도 하고, 지갑에 든 동전을 세어 보기도 하고, 여러 가지 계획을 짜 보면서 기회 있을 때마다 쉬지 않고 작은 상자를 힐끔 쳐다보는 나의 모습을 여러분들도 쉽게 상상할 수 있을 것입니다. 보통의 숙소들에는 내리지도 않고, 그녀가 지정해 준 유명한 거리에 도착할 때까지 쉬지 않고 마차를 곧장 달렸습니다. 그녀의 부탁을 정확하게 지켰으며, 작은 상자를 특별히 주문한 방에 놓았고, 그 옆에는 불을 켜지 않은 양

초를 두서너 개 세웠습니다. 이런 것들은 그녀가 부탁한 일들이었습니다. 나는 곧 그 방을 잠그고 느긋한 기분으로 내 방으로 돌아와 맛있는 식사를 했습니다.

한동안은 그녀 생각에 빠져 있을 수 있었지만 곧 지루해졌습니다. 나는 친구 없이 지내는 일에 익숙하지 않았기 때문입니다. 얼마 지나지 않아 여관의 식탁에서 또는 공공장소에서 내 뜻대로 친구를 발견할 수 있었습니다. 그리고 이 일로 내 돈은 점점 줄어들기 시작했습니다. 어느 날 밤에는 경솔하게도 미친 사람처럼 도박에 열중하다가 돈을 완전히 날려버렸습니다. 방으로 돌아온 나는 어이가 없어 멍한 채로 있었습니다. 돈은 몽땅 날려버렸지만 부자처럼 보였기에 계산서는 거액이 청구되었습니다. 그러나 나의 아름다운 여인은 언제 다시 얼굴을 나타낼 것인지, 과연 나타날 것인지조차도 확실치 않았기에 나는 몹시 당황하고 있었습니다. 그럴수록 그녀가 더 한층 그리워서 이제 그녀 없이는, 그녀의 돈 없이는 살아갈 수 없을 것 같았습니다.

지금은 혼자 외롭게 식사를 했습니다. 저녁 식사는 너무 맛이 없었고 먹고 난 뒤에는 방안을 바쁘게 왔다 갔다 하며 혼잣말을 하고, 내 자신을 저주하고 마룻바닥에 몸을 던져 머리카락을 쥐어뜯는 등, 정말 처치 곤란한 상태였습니다. 그 때 난데없이 자물쇠로 잠겨 있던 옆방에서 무엇인가 희미하게 움직이는 것 같더니 곧바로 굳게 잠겨 있던 옆문을 두들기는 소리가 계속해서 들렸습니다. 그 순간 갑자기 나는 제정신으로 돌아왔으며, 내가 열쇠에 손을 뻗친 바로 그 때 여닫이문이 저절로 열리는가 싶더니 나의 아름다운 여인이 타고 있는 촛불 빛을 받으면서 그곳에서 나를 맞이하지 않겠습니까! 그녀의 발치에 몸을 던져 그녀의 옷, 손 할 것 없이 닿는 대로 입맞춤을 하고 있으려니 그녀가 나를 일으켜 주었습니다. 나는 차마 그녀를 포옹할 수도 없었지만 얼굴을 쳐다볼 용기조차 없었습니다. 그리고 정직하게 뉘우치는 마음으로 그녀에게 나의 과실을 고백했습니다.

"용서할 수 있어요. 다만 유감스러운 것은, 당신은 우리가 다시 만날 때까지 다시 한 번 세상에 나가야 해요. 자, 여기 예전보다 더 많은 금화가 있어요. 만일 당신이 생활을 웬만하게 잘 꾸려 나가기만 한다면 이것으로 충분할 거예요. 지난번에는 술과 도박 때문에 곤경에 빠졌지만, 이번에는 술과 여자를 조심하세요. 자, 그러면 다음번에는 훨씬 더 즐거운 재회를 기다리겠어요."

그녀는 이렇게 말하고 문지방을 지나 물러가자, 여닫이문은 닫혀버렸습니다. 내가 문을 두드리면서 다시 한 번 보게 해 달라고 간청했지만, 아무 소리도 들리지 않았습니다. 다음날 아침 내가 계산서를 청구하자, 하인이 싱글벙글 웃으면서 말했습니다.

"잘 알고 있습니다. 당신이 왜 어떤 열쇠로도 열지 못하고, 아무도 알 수 없게 방문을 교묘하게 잠그고 있는지를 말입니다. 당신은 많은 돈과 보물을 가지고 있다고만 추측하고 있었습니다. 그 만한 것이면 확실히 철저하게 보관할 가치가 있는 것이지요."

이 말에 대해 아무런 대답도 하지 않고 계산을 한 다음 작은 상자를 가지고 마차에 올랐습니다. 그리고 앞으로는 그 아름다운 여인의 경고를 존중할 것을 마음속 깊이 다짐하고 다시

금 세상으로 뛰어들었습니다. 그러나 어느 큰 도시에 도착해서 애교를 부리는 여자들과 어울렸을 때 그녀들을 뿌리칠 수가 없었습니다. 아양을 떠는 여자들은 나에게 많은 대가를 지불하기를 원했습니다. 그녀들은 언제나 나하고는 일정한 거리를 유지하면서도 계속해서 돈을 쓰도록 유혹했습니다. 나는 오로지 그녀들의 환심을 사려고만 했기에 내 돈지갑 사정 같은 건 생각지도 않고 필요할 때마다 돈을 지불하기도 하고 그냥 주기로 했던 것입니다. 그러나 여러 주일이 지난 뒤에도 지갑에 가득 들어 있던 돈이 줄어들기는커녕 계속 처음과 마찬가지로 통통하고 불룩해 있었습니다. 이러한 사실을 알았을 때 나의 놀라움과 만족감이 얼마나 컸겠습니까? 나는 이 고마운 지갑의 능력을 더 자세히 확인하기 위해, 털썩 주저앉아서 돈을 세어서 그 총 액수를 확실하게 기억 속에 담아 두고는 다시 친구들과 놀기 시작했습니다. 여행, 뱃놀이, 댄스, 노래, 그 밖에 다른 놀이도 빠뜨리지 않았습니다. 그런데 이번에는 별로 주의하지 않아도 지갑의 돈이 정말로 줄어드는 것이었습니다. 마치 내가 그 욕심스러운 계산을 했기 때문에 무진장이라는 능력이 지갑에서 빠져 나간 것처럼 말입니다. 어쨌거나 환락 생활이 일단 정상에 이른 이상 나는 돌이킬 수 없었습니다. 그리고 얼마 후에 내가 가지고 있던 돈을 전부 탕진해버렸습니다. 나는 그렇게 된 것을 저주하고 나를 이런 시험에 빠져들게 한 나의 여인을 비난하기 시작했습니다. 또한 그녀가 전혀 나타나지 않는 것을 악의로 해석하고는 화가 나서 그녀에 대한 모든 의무를 집어던지고 그 작은 상자 속에 어쩌면 뭔가 도움이 될 수 있는 것이 있지 않을까 하는 생각으로 상자를 열어볼 결심을 했습니다. 왜냐하면 그 상자 안에는 돈이 들어 있을 것만큼 무게는 나가지 않았지만 혹시나 보석이 들어 있을는지도 몰랐고 만일 그렇다면 그것 역시 나에게는 고맙기 그지없는 일이기 때문이었습니다. 나는 이런 결심을 실천으로 옮기려고 했습니다. 그러나 침착한 기분으로 일에 착수할 수 있도록 밤까지 그 일을 미루어 두고 마침 초청을 받았던 어느 연회장으로 서둘러 갔습니다. 그곳에는 잔치가 성대하게 벌어져 모두는 술과 나팔 소리에 대단히 흥분하고 있었습니다. 바로 그 때 나는 매우 불쾌한 일에 부딪쳤습니다. 디저트를 먹고 있을 때 내가 제일 좋아하는 미인의 남자 친구가 여행에서 갑자기 돌아와 그녀 옆에 앉아 거리낌 없이 애인의 권리를 내세우려고 했기 때문입니다. 이 일 때문에 불쾌해져 그와 말다툼을 했고 급기야는 싸움이 벌어졌습니다. 우리는 서로 칼을 뽑아 들었고 그 결과 나는 여러 군데에 상처를 입고 거의 반죽은 상태가 되어 숙소로 옮겨졌습니다.

외과 의사는 나에게 붕대를 감아 주고 갔고 이미 밤도 깊었기에 나를 시중드는 사람도 잠들었습니다. 그런데 그 때 옆방 문이 열리더니 그 신비에 가득 찬 여인이 들어와서 내 침대 곁에 앉았습니다. 그녀는 나의 건강 상태를 물었습니다. 나는 대답하지 않았습니다. 그녀는 깊은 동정심을 보이면서 이야기를 계속했고 어떤 향유(香油)를 내 관자놀이에 문질러 발랐습니다. 그러자 갑자기 기운이 완전히 회복되는 것을 느꼈습니다. 나는 화가 나서 그녀를 아주 심하게 비난했습니다. 나는 아주 격한 어조로 나의 불행의 모든 책임을 그녀에게 뒤집어씌웠습니다. 이 모든 불행은 당신이 나에게 불어넣은 애정 때문이라든지, 당신이 나타났다가 사라지곤 하여 나에게 안타까운 마음과 동경심을 느끼지 않을 수 없게 만들었기 때문이라고 말입니다. 만일 당신이 이번에도 나의 연인이 되려고 생각지 않고, 나에게 몸을 맡기고 나와 결혼할 것을 원치 않는다면 나는 더이상 살고 싶지 않다고 말했습니다. 그러고는 여기에 대한 확실한 대답을 요구했습니다. 하지만 그녀는 머뭇거리면서 확실한 대답을 회피하고 있었기에 완전히 제정신을 잃은 나는 피를 흘려 죽어 버릴 것을 굳게 결심하고는 이중 삼중으로 상처에 감은 붕대를 잡아떼었습니다. 그러나 그 순간 나는 얼마나 놀랐는지 모릅니다. 상처는 완전히 나았고 몸은 깨끗해져 있었으며 더군다나 그녀가 나의 양팔에 안겨 있었습니다.

이제 우리 둘은 이 세상에서 가장 행복한 한 쌍이 되었습니다. 우리는 서로 용서를 빌었습니다. 그러나 이 용서가 무엇때문인지는 나 자신도 잘 알 수 없었습니다. 그리고 얼마 후 우리는 나란히 마차에 앉았고 작은 상자는 우리 맞은편 좌석에 놓았습니다. 이제까지 나는 한 번도 그녀에게 작은 상자에 대해 언급한 일이 없었지만 지금도 마찬가지로 이것에 대해 말하고 싶은 생각은 들지 않았습니다. 사실 상자는 바로 눈앞에 있었고 우리 두 사람은 입 밖으로 말을 하지는 않았지만 생각은 같아서 언제나 기회가 있으면 하고 신경을 쓰고 있었습니다. 다만 이 상자를 마차에 옮기거나 내리는 일은 언제나 내가 했고 또 이전과 마찬가지로 문을 닫는 일도 내가 했습니다.

지갑 속에 몇 푼이라도 남아 있는 동안은 나는 계속 지불했고 가지고 있는 돈이 다 없어지면 그녀에게 환기시켰습니다.

"돈이라면 걱정하지 마세요. 언제나 준비되어 있어요."

그녀는 마차의 양쪽 측면 위에 달아 놓은 두 개의 작은 주머니를 가리켰습니다. 나는 전부터 그런 것이 있다는 것을 알고 있었지만 사용한 일은 없었습니다. 그녀는 그 중의 하나에 손을 넣어 몇 개의 금화를 꺼냈고 마찬가지로 다른 데에서도 몇 개의 은화를 꺼내 마음 내키는 대로 어떤 지출에도 돈을 줄 수 있다는 것을 나에게 보여 주었습니다. 이렇게 하여 우리는 도시에서 도시로 시골에서 시골로 여행을 계속했고 우리 두 사람은 물론 다른 사람들과도 사이좋게 지낼 수 있었습니다. 그래서 그녀가 또다시 내 곁을 떠나가리라고는 생각조차 해 보지 않았습니다. 더군다나 그녀는 얼마 전부터 임신한 기색이 확실히 나타나 우리들의 행복과 애정은 점점 깊어 갔기 때문에 더욱더 그러했습니다. 그런데 어느 날 아침 슬프게도 그녀가 다시 내 곁에 없다는 것을 발견했습니다. 그녀가 없으면 체류하는 것도 더 이상 아무런 즐거움을 주지 않기에 나는 상자를 가지고 다시 여행길에 올랐고 두 개의 주머니의 힘을 시험해 보고는 그 힘이 변함없이 확실한 것을 알았습니다.

여행은 순조롭게 진행되었습니다. 나는 이런 신비로운 여러 가지 일도 어차피 순리대로 되어 갈 것이라고 예상하고 있었기에 이 때까지 겪은 모험에 대해 깊이 생각하고 싶지 않았습니다. 그런데 이번에는 놀람과 걱정, 공포심까지 일으킨 어떤 일이 일어났습니다. 나는 여행 일정을 순조롭게 진척시키기 위해 낮과 밤을 가리지 않고 여행하는 것에 익숙해져 있습니다. 이따금 어둠 속에서도 마차를 몰았고, 때때로 가로등이 꺼져 있을 때에는 마차 안이 캄캄할 때도 있었습니다. 한번은 캄캄한 밤중에 잠이 들어 버렸는데 눈을 떠 보니 마차의 천장이 깜박깜박 빛나고 있었습니다. 자세히 보았더니 그 불빛은 작은 상자에서 새어 나오고 있었습니다. 작은 상자는 초여름의 덥고 건조한 날씨 탓으로 말라서 갈라졌는지, 틈이 생긴 것 같았습니다. 보석이 들어 있을 것이라는 생각이 새삼 들었습니다. 나는 작은 상자 속에 틀림없이 홍옥이 있을 것이라고 추측하고는 확인해 보고 싶었습니다. 나는 내 눈이 그 틈에 닿을 수 있게 자세를 잡았습니다. 하지만 나는 얼마나 놀랐는지 모릅니다. 마치 둥근 천장 구멍으로부터 왕궁을 내려다보는 것처럼 수없이 휘황찬란하게 빛나는 보물로 장식된 방을 보았던 것입니다. 물론 내가 볼 수 있었던 것은 방의 일부분에 지나지 않았습니다만 그 외는 추측할 수 있었습니다. 난롯불이 타고 있었고 그 옆에는 안락의자가 있었습니다. 나는 숨을 죽인 채 계속 관찰했습니다. 그런 동안 큰방 저쪽으로부터 한 부인이 손에 책을 들고 나오고 있었습니다. 바로 그녀가 나의 아내라는 것을 알았습니다. 하지만 그녀의 모습은 아주 작아져 있었습니다. 아름다운 부인은 책을 읽기 위해 난로 옆에 있는 안락의자에 앉아 아름다운 불집게로 불을 돋우고 있었습니다. 이 사랑스러운 작은 여인도 임신하고 있다는 것을 확실히 알 수 있었습니다. 그 때 나의 불편한 자세를 조금 고쳐야한 했기에

괴테의 예술동화

자세를 바로 잡고, 다시 들여다보고는 꿈이 아니었다는 것을 자신에게 이해시키려고 했을 때 등불이 꺼져 버려 텅 빈 어둠이 남았습니다.

내가 얼마나 놀라고 아니 얼마나 무서웠는지 이해하실 겁니다. 이 일에 대해 여러 가지로 생각해 보았지만 사실 아무것도 생각해낼 수 없었습니다. 그러는 사이 다시 잠이 들었고 잠에서 깨어났을 때에는 그야말로 다만 꿈을 꾸었다고 생각했습니다. 어쨌거나 나는 나의 부인으로부터 다소 거리가 멀어지는 것을 느꼈습니다. 그래서 그 작은 상자를 점점 더 주의 깊게 옮기면서도 그녀가 다시 완전한 인간의 크기로 모습을 나타내는 것을 원해야 할지 두려워해야 할지 알 수가 없었습니다.

이런 일이 있고 난 얼마 후 실제로 나의 미녀가 흰 옷을 입고 저녁때 방으로 들어왔습니다. 방은 마침 어둑어둑해져 가고 있었기 때문에 그녀는 평소 보아 오던 것보다 키가 큰 것처럼 생각되었습니다. 그 때 나는 물의 정령과 땅의 정령들은 모두 밤이 시작될 무렵에는 눈에 띄게 키가 커진다는 이야기가 떠올랐습니다. 그녀는 언제나 그랬던 것처럼 내 품에 뛰어들어 왔지만 나는 불안한 가슴으로 그녀를 기쁘게 껴안아 줄 수가 없었습니다. 그녀가 말했습니다.

"나의 사랑하는 분이여! 당신의 이 같은 태도는 슬픈 일이지만 이제는 내가 알고 있는 사실을 더욱 뼈저리게 느낄 뿐이에요. 당신은 내가 없는 사이에 나의 모습을 보셨어요. 내가 일정한 시간에 어떤 상태로 있는가를 알아 차렸어요. 당신의 행복 그리고 나의 행복은 이것으로 끝나고 말았습니다. 그뿐 아니라 행복은 완전히 깨져 버릴 위험한 순간에까지 와 있어요. 나는 당신 곁을 떠나야만 해요. 그리고 언제 다시 만날지 모르겠어요."

그녀가 지금 내 눈앞에 있다는 사실이, 또 그녀가 말하는 우아한 모습이, 그 때까지 단지 꿈처럼 어른거리던 저 환영의 모든 추억을 금세 물리쳐 버렸습니다. 나는 그녀를 열렬히 껴안고는 나의 정열을 믿게 하고 또 나에게 악의는 없었다는 것과 그 발견은 우연이었다는 것을 이야기했습니다. 그러자 그녀도 안심하는 것같이 보였고, 나는 자신을 진정시키는 데에도 최선의 노력을 했습니다. 그녀가 말했습니다.

괴테의 예술동화

"잘 생각해 봐 주세요. 이번의 발견이 당신의 사랑에 상처를 주지 않았는지, 뿐만 아니라 내가 이중의 모습으로 당신 곁에 있는 것을 잊어버릴 수 있는지, 내 몸이 줄어들어 작아지는 것이 당신의 애정까지도 줄어들게 하지 않는지 말이에요."

나는 그녀를 찬찬히 쳐다보았습니다. 그녀는 예전보다 더 아름답게 보였습니다. 나는 혼자서 이렇게 생각했습니다. '때때로, 작은 상자 속에 넣어서 가지고 다닐 만큼 조그만 난쟁이로 변하는 아내를 가지는 것이 큰 불행이란 말인가? 가령 아내가 거인으로 변해 자기 남편을 상자 속에 넣는다면, 사정은 훨씬 나쁠 것이다.' 이렇게 생각하자, 나는 다시 기분이 좋아졌습니다. 더군다나 나는 무슨 일이 일어났든지 간에 그녀를 떠나가게 내버려두지는 않았을 것입니다. 나는 대답했습니다.

"오, 나의 연인이여, 우리 두 사람 언제까지라도 지금의 상태로 있어요. 도대체 우리에게 이 이상 더 행복한 일이 또 있습니까? 마음 편히 지내세요. 이 상자를 더욱더 조심해서 운반할 것을 약속하겠소. 그리고 내가 내 일생 동안 본 중에서 가장 사랑스러운 것이 어떻게 나에게 나쁜 인상을 줄 리 있겠소? 만일 이 세상의 연인들이 그대처럼 작아질 수 있다면 얼마나 행복하겠소? 그리고 저 작은 모양의 그림은 말하자면 흔히 있는 요술에 지나지 않소. 당신은 나를 시험하고 놀리고 있어요. 그렇지만 내가 그것을 어떻게 견디는지 두고 보시오."

그러자 나의 아내가 말했습니다.

"사태는 당신이 생각하고 있는 것보다 훨씬 심각해요, 그렇지만 당신이 가볍게 생각해 주시니 나도 정말 기뻐요. 왜냐하면 이제부터 우리 두 사람에게는 아주 밝은 미래가 열려 있을 테니까요. 나는 당신을 믿고 있어요. 그리고 나도 할 수 있는 일은 다 하겠어요. 그런데 한 가지 약속해 줄 것이 있어요. 이번의 발견을 흠잡아 생각하는 일이 있어서는 절대 안 됩니다. 그리고 또 한 가지 부탁할 일이 있어요. 술과 화내는 일은 지금보다 더 주의해 주세요."

나는 그녀가 요구하는 대로 할 것을 약속했습니다. 또 그 외에도 얼마든지 약속을 했을 것입니다, 그녀만 원했다면, 하지만 그녀 자신이 화제를 다른 쪽으로 돌려버렸기 때문에, 모든 것이 다시 제 위치로 돌아왔습니다. 우리는 머무는 장소를 바꿀 필요가 없었습니다. 도시와 사교계는 넓었고 이따금씩 있는 산행과 나들이를 즐기기에 적합한 계절이었기 때문입니다.

이런 사교 모임이 있을 때마다 아내는 대환영을 받았습니다. 또한 남자들뿐만 아니라 여자들까지도 그녀를 추켜세웠습니다. 자상하고 매력 있는 행동이 일종의 고상한 성품과 어울려 그녀를 누구에게나 사랑받고 존경받는 사람으로 만들었습니다. 뿐만 아니라 그녀는 아름다운 라우테 연주와 함께 노래까지 불렀기에, 파티가 벌어지는 밤이면 그녀의 재능으로 마지막 절정을 장식하지 않는 날이 없었습니다.

그런데 솔직히 말씀드려 나는 음악에는 그리 취미가 없었습니다. 아니 나에게는 오히려 불쾌한 기분마저 들었습니다. 이것을 알아차린 아내는 우리 둘만이 있을 때에는 절대로 음악으로 나를 즐겁게 하려하지 않았습니다. 그 대신 그녀는 사교계에서 노래와 연주를 마음껏 들려주었습니다. 그곳에서 많은 숭배자를 발견했기 때문입니다.

이제 와서 다음의 일을 무엇 때문에 부정할 필요가 있겠습니까? 우리 두 사람 사이에 있었던 지난번의 합의는 나의 최선을 다한 선의에도 불구하고 그 문제를 내 마음속에서 완전히 없애 버릴 힘을 가지지는 못했습니다. 오히려 내 감정의 움직임은 이상하게 뒤틀려 있었고, 그런데도 내 자신은 그것을 충분히 의식하지 못하고 있었습니다. 그런데 어느 날 밤, 큰 파티 석상에서 이 억제되어 있던 불만이 폭발해버렸습니다. 이리하여 나의 최대 손실이 일어나고 말았습니다.

지금 생각해 보면, 그 불행한 발견을 하고 난 이후로 아내에 대한 나의 애정은 훨씬 줄어든 상태였습니다. 그리고 이전에는 전혀 생각지 못한 일이었지만, 그녀에게 질투까지 일어났습니다. 파티가 있던 그날 밤, 우리는 조금 멀리 떨어진 거리에서 비스듬히 마주한 채 테이블에 앉아 있었는데, 나는 옆자리에 앉은 두 부인 때문에 기분이 아주 흐뭇해졌습니다. 얼마 전부터 두 부인은 나에게 아주 매력적으로 보였기에, 농담과 사랑 이야기를 나누면서 우리들은 술을 계속해서 마셨습니다. 한편 저쪽에서는 두 사람의 음악 애호가들이 내 아내를 독점하고는 독창과 합창을 하도록 함께 앉아 있는 사람들을 선동하거나 부추기고 있었습니다. 그것이 내 기분을 아주 언짢게 만들었습니다. 두 사람의 음악 애호가는 뻔뻔스러워 보였고 노래는 내 마음에 들지 않은 데다 나에게도 독창 한 구절을 요청했을 때, 정말 화가 치밀어 얼른 술잔을 비워 버리고 아주 거칠게 아래로 내려놓았습니다.

내 옆자리에 앉은 부인들의 따뜻한 마음씨 때문에 다시 기분이 좋아지는 것을 느낄 수 있었습니다. 하지만 나는 한 번 화를 내면 감당할 수 없는 인간이었습니다. 모든 것이 나를 즐거운 기분, 관대한 기분으로 만들어 주어야 했건만, 분노는 남몰래 계속 끓어오르고 있었습니다. 더군다나 나의 아내가 라우테를 들고 나와 노래를 불렀고, 다른 모든 사람의 격찬을 받았을 때, 그 반대로 나는 심술궂은 사내가 되어버렸습니다. 그런데 불행하게도 사람들이 모두 조용히 해 줄 것을 요구했습니다. 그래서 나도 더 이상 지껄여 댈 수가 없게 되었습니다. 라우테의 소리만 내 마음을 아프게 했습니다. 이처럼 작은 불씨가 드디어 폭탄에 불붙여 버릴 것은 뻔한 일이 아니었을까요?

여가수는 열렬한 박수를 받으면서 막 노래 한 곡을 불렀고 정말로 애정에 찬 눈길로 내 쪽을 쳐다보았습니다. 하지만 유감스럽게도 그 눈길은 내 마음속 깊이 와 닿지는 않았습니다. 내가 한 잔을 단숨에 들이켜고 새 잔에 다시 채우는 것을 아내는 뚫어지게 쳐다보았습니다. 그녀가 오른쪽 집게손가락으로 정답게 위협하면서 나에게 손짓했습니다.

"그건 술이라는 것을 잘 생각하세요."

그녀는 알아들을 수 있을 정도로 말했습니다.

"물론, 물의 요정이나 마시는 거지!"

나는 소리를 꽥 질렀습니다.

"제발, 내 남편이 술잔을 너무 자주 비우지 않도록 좀 돌봐 주세요."

"설마, 당신은 당신 부인의 부탁을 무시하는 건 아니시겠지요!"

부인 한 명이 내 귀에 속삭였습니다.

"난쟁이가 무슨 참견이지?"

이렇게 외치고는 점점 더 사납게 행동하다 술잔을 엎지르고 말았습니다.

"보세요, 넘쳐흘렀군요!"

아름다운 아내가 큰소리로 외치면서 이 소동으로부터 모든 사람들의 주의를 자기 자신에게로 되돌리려고 하는 것처럼 라우테의 줄을 타기 시작했습니다. 사실 그녀의 의도대로 되었습니다. 연주를 한층 더 쉽게 하려는 것처럼 그녀가 일어나 전주를 계속했을 때 그것은 더 한층 반향을 일으켰습니다.

빨간 포도주가 테이블보에 흘러넘친 것을 본 나는 비로소 정신을 차렸습니다. 내가 범한 큰 실수를 곧 알아차리고는 마음속 깊이 후회했습니다. 그제야 비로소 음악이 기분 좋게 들렸습니다. 그녀가 부른 구절은 모두가 아직 함께 있다는 것을 느끼게 해 주었습니다. 그러나 다음 절로 옮겨 가자, 이 파티에 모인 사람들에게 보내진 다정한 작별의 노래였습니다. 파티는 끝나고 모든 사람이 각자 고독하고 쓸쓸한 채로 흩어져 그곳에는 더 이상 아무도 없는 것 같았습니다. 마지막 절에 관해서는 도대체 뭐라고 말하면 좋을까요? 그것은 나만을 겨냥한 것이었습니다. 그것은 상처받은 사랑이 불만과 오만에 이별을 고하는 목소리였습니다.

나는 아무 말도 하지 않고 그녀와 함께 집으로 왔지만, 좋은 일이라고는 전혀 기대할 수 없었습니다. 그러나 우리가 방에 도착하자, 그녀는 아주 다정하고 상냥하게, 장난꾸러기처럼 행동해서 나를 이 세상에서 가장 행복한 사람으로 만들어주었습니다.

다음 날 아침 완전히 자신감을 되찾은 나는 다음과 같이 말했습니다.

"당신은 훌륭한 손님들의 요청을 받고 노래를 잘 불렀소. 가령 어젯밤의 감동적인 이별의 노래처럼 말이오. 자, 나를 위해서 다시 한 번 아름답고 즐거운 환영의 노래를 불러주오. 우리들이 처음으로 알게 되었을 때와 같은 기분이 되게 말이오!"

"그건 불가능해요!"

그녀가 차분하게 말을 이었습니다.

"어젯밤의 노래는 이제 곧 닥쳐올 것임에 틀림없는 우리의 이별을 노래한 것이지요. 다만 내가 당신에게 말씀드릴 수 있는 것은, 약속과 맹세의 말을 모욕한 것이 우리 두 사람에게 최악의 결과를 가져오게 됐다는 것이에요. 당신은 큰 행복을 놓쳐 버리고 말았습니다. 그리고 나도 그 무엇보다도 소중히 여기던 소망을 단념하지 않으면 안 되게 되었어요."

내가 좀 더 자세하게 설명해 달라고 애걸하자, 그녀는 이렇게 대답했습니다.

"애기해 드리는 건 어렵지 않아요. 슬픈 일이지만요. 당신 곁에 있는 것도 이제 마지막이니까요. 그러면 내 말을 들어보세요. 마지막 순간까지 감추어 두고 싶었지만 말입니다. 당신이 작은 상자에서 보신 모습이야말로 내가 태어났을 때의 모습 바로 그대로입니다. 말하자면 나는 전설에서 여러 가지로 전해지고 있는 소인국의 강력한 일인자인 에크발트 왕*의 후손이에요. 우리 종족은 옛날처럼 지금도 부지런히 일하고 있습니다. 통치하기 쉬운 종족이지요. 그러나 난쟁이들이 만드는 물건들을 신통치 않다고 생각해서는 안 됩니다. 옛날에는 적에게 던지면 적을 추격하는 칼이라든가, 적을 결박해 버리는 눈에 보이지 않는 이상한 쇠사슬 또는 무엇으로도 뚫을 수 없는 방패 그리고 이와 비슷한 물건들이 난쟁이들이 만드는 유명한 물건들이었습니다. 그러던 것이 이제는 모두 편리함을 위한 물건이나 장식품 만드는 데만 열중하고 있는데, 이것 또

---

* 『니벨룽의 대서사시』에 나오는 지크프리트와 결투하여 패배함으로 지하세계의 전 재산을 주고 그의 부하가 되는 난쟁이 왕. 『니벨룽의 대서사시』 종문화사 참조

한 지구상의 모든 종족을 능가하고 있어요. 당신이 우리의 작업장이나 창고를 지나가는 일이 있으면 틀림없이 놀랄 것입니다. 어쨌든 이 종족 전체의 어떤 특별한 일이 일어나지 않았다면 모든 일이 잘 되었을 텐데."

그녀가 순간적으로 말하는 것을 중단했기 때문에 나는 그녀에게 이 불가사의한 비밀을 더 자세히 말해 달라고 간청했고, 그녀는 나의 이러한 간청에 곧 대답해 주었습니다. 그녀가 말을 이었습니다.

"이것은 세상에 널리 알려진 것이지만 하느님이 세상을 만든 후 육지가 모조리 마르고 산맥이 힘차고 멋있게 우뚝 솟아오르자, 그분은 최초로 난쟁이를 만들었습니다. 왜냐하면 그분은 지구 내부의 지하도나 바위 틈새에 살면서 하느님의 기적을 놀라워하면서 존경할 수 있는 이성적인 생물을 창조하자고 생각했던 것이지요. 이것도 널리 알려진 사실이지만 이 소인족이 나중에는 점점 교만해져서 지상의 지배권을 가지려고 했기 때문에 하느님은 용을 만들어 소인족을 산속으로 다시 몰아넣었습니다. 그러나 이 용들은 큰 동굴과 바위 틈새에 스스로 둥지를 틀

괴테의 예술동화

고 살았으며, 더군다나 그놈들의 대부분이 불을 토하며 온갖 포악한 짓을 했기 때문에 난쟁이들은 일대 곤경에 빠져 어찌할 바를 몰라 우왕좌왕했습니다. 그러나 난쟁이들은 진심으로 겸허해져서 하느님께 간청했습니다. 제발 이 괘씸한 용들을 다시 이 세상에서 없애달라고 했습니다. 하느님은 자신이 만든 피조물을 없애 버릴 결심은 차마 할 수 없었지만, 불쌍한 난쟁이들의 곤경을 깊이 헤아리시고는 곧 거인족을 만들었습니다. 이 거인족은 용과 싸워서 용을 근절시키지는 못했지만 적어도 용의 숫자를 감소시키는 역할을 했습니다.

그런데 거인족은 용들을 거의 처치해 버리자 역시 용기와 자만심을 갖게 되었습니다. 이로 인해 거인족은 많은 나쁜 짓을, 특히 선량한 난쟁이들을 못살게 굴었습니다. 난쟁이들은 매우 어려운 곤경 속에서 다시 하느님에게 간곡하게 매달렸습니다. 그러자 하느님은 이번에는 기사를 만들어서 이들로 하여금 거인과 용을 물리치게 하고는, 난쟁이들과 사이좋게 지낼 수 있도록 배려했던 것이지요. 이렇게 해서 창조의 일단락이 끝나고 그 이후로는 거인과 용, 기사와 소인족은 언제나 일치단결했습니다.

"자, 나의 연인이여, 이제 아시겠지요? 우리들은 세계에서 가장 오래된 종족이라는 것을 말입니다. 이 사실은 우리들에게는 한편으로는 명예스럽기도 하고, 다른 한편으로는 대단한 불이익을 안겨 주기도 합니다.

무릇 이 세상에 있는 것들은 어떤 것도 영원히 원래 상태로 지속될 수는 없고, 처음에 컸던 것도 줄어들게 마련입니다. 그래서 우리들 역시 이러한 질서 속에서 점점 작아져 가고 있는 상태입니다. 더구나 왕족, 특히 혈통이 순수하기 때문에 제일 먼저 이러한 운명의 지배하에 들어갔습니다. 그래서 우리 현자들은 벌써 오래전부터 그 구제책을 마련해 놓고 있었지요. 그 구제책이란 이따금 왕녀 한 명을 지상에 있는 나라로 보내, 존경할 만한 기사와 결혼시켜 그로 인해 소인족의 혈통을 새롭게 해서, 완전한 멸망으로부터 구원을 받는다는 것이지요.

나의 아내가 정성을 다해 얘기하고 있는 동안, 나는 의심스러운 눈초리로 그녀를 바라보고 있었습니다. 왜냐하면 그녀는 의아한 것을 나에게 믿게 하려는 것처럼 보였기 때문입니다.

괴테의 예술동화

그녀의 사랑스러운 가문에 대해서는 아무런 의심을 갖고 있지 않았습니다. 그러나 그녀가 기사 대신 나를 택했다는 것에 대해서는 약간의 불신을 느꼈습니다. 뭐니 뭐니 해도 나는 '그녀의 조상이 하느님이 직접 만들었다'는 그녀의 말도 믿지 않았습니다. 나는 의심을 감춘 채 다정하게 그녀에게 물었습니다.

"그렇지만 어떻게 당신이 이렇게 크고 훌륭한 모습으로 변할 수 있는지 말해주시오. 나는 여태껏 당신만큼 뛰어난 몸매를 지닌 여인은 거의 본 일이 없소."

"그것도 말씀드리지요."

아름다운 그녀가 말했습니다.

"대체로 비상수단을 취하는 것은 될 수 있는 한 피하는 것이 좋다는 합의가 옛날부터 소인국 대대로 왕실 회의에 전해져 내려왔지요. 나 역시 이런 것은 전적으로 자연스럽고 당연한 것으로 생각하고 있어요. 그러나 나의 남동생이 너무 작게 태어났기에 유모들이 기저귀 속에서 아이를 잃어버려, 어디로 갔는지 찾을 수 없는 그런 상황이 일어나지만 않았더라도, 왕실 회의에서 새삼스럽게 왕녀를 지상의 나라로 올려 보내려는 결심은 안 했을 것입니다. 간단히 말하면 소인국의 왕실 회의에서 사위를 물색하기 위해 나를 지상으로 내보낼 결정이 내려졌던 것이지요."

내가 외쳤습니다.

"결정이라고! 그것도 모두 훌륭하고 좋은 일이지요. 결정이라는 것도, 결의하는 것도 다 좋지요. 그러나 난쟁이가 어떻게 크고 훌륭한 모습으로 될 수 있소? 당신들의 현자들은 어떻게 그런 일을 할 수 있소?"

그녀가 말했습니다.

"이것도 벌써부터 우리들 조상들에 의해 미리 준비되어 있었어요. 왕실의 보물 중에는 엄청나게 큰 금반지가 하나 보관되어 있어요. 지금 내가 엄청나게 크다고 말하는 것은, 옛날에 내가 아직 어린아이였을 때 반지가 보관되어 있던 장소에서 보았던 그 당시 그대로의 느낌이에요. 내 손가락에 끼고 있는 것이 그것이죠. 어쨌든 현자들이 결정한 대로 일은 진행되었지요. 우선 나는 이제부터 일어날 모든 일에 대해 알아들을 수 있도록 가르침을 받았고, 내가 할 일 그리고 내가 해서는 안

괴테의 예술동화

될 일도 배우게 되었어요."

내 부모님의 마음을 흡족하게 만든 어느 여름 별궁을 모범으로 하여 훌륭한 궁전이 만들어졌어요. 본관과 측면 건물, 그밖에 원하는 모든 것들이 말입니다. 그 궁전은 어느 큰 바위 틈새의 입구에 세워졌는데 입구에 딱 들어맞는 아주 아름다운 장식이 되었지요. 어느 날 모든 신하들과 나의 부모님은 나를 데리고 그곳으로 갔답니다. 군대는 퍼레이드를 벌이고 스물네 명의 사제들은 아름다운 들것에 그 반지를 운반하여 왔고, 이어 반지는 건물 문지방 있는 곳, 사람들이 넘나드는 문지방 바로 안쪽에 놓였지요. 열병 의식이 거행되었고, 나의 작별 인사 후에 행사가 정성스럽게 시작되었습니다. 나는 걸어가서 반지 위에 손을 올려놓았습니다. 그러자 놀랍게도, 내 키가 눈에 띄게 커지기 시작했어요. 불과 얼마 후에 지금의 키가 되어 버렸습니다. 나는 즉시 반지를 손가락에 꼈습니다. 그러나 갑자기 유리창과 대문 그리고 방문이 닫혔고, 측면 건물은 오므라들어 본관 속으로 들어갔으며, 지금까지 있었던 궁전 대신 내 앞에는 작은 상자 하나가 놓여 있었어요. 나는 곧 그것을 집어

올려 몸에 지닌 채 길을 떠났습니다. 이처럼 키가 크고 강해진 것을 기뻐하면서 말입니다. 나무, 산, 강물 그리고 넓은 들판에 비교하면 나는 여전히 난쟁이에 지나지 않았지만, 풀과 야채 그리고 특히 개미에 비교하면 거인이 되었기 때문이죠. 우리 난쟁이들은 개미들과는 늘 사이가 좋지 않아 이따금 그들에게 심한 괴로움을 당하고 있었거든요.

내가 당신을 만나기까지 여러 나라를 여행하는 동안 어떤 일이 일어났는지에 대해서는 할 애기가 많이 있지요. 어쨌거나 그동안 많은 사람들을 만나보았지만 당신 말고는 그 누구도 저 영광스러운 에크발트의 혈통을 새롭게 하고 영원히 존속시킬 만한 가치가 있다고 생각지 않았습니다."

이러한 자초지종을 들으면서, 나는 곧바로 고개를 갸웃거리지는 않았지만 이따금 머리를 흔들었습니다. 나는 여러 가지 질문을 해 보았습니다. 그러나 이렇다 할 대답은 얻지 못했습니다. 그보다 나를 더욱 슬프게 한 것은, 그녀가 무슨 일이 있어도 이제 곧 다시 부모님 곁으로 돌아가야 한다는 것이었습니다. 그녀 자신은 다시 내 곁으로 돌아오기를 고대하고 있지만 지금으로서는 어쩔 수 없이 돌아가야만 한다는 것이었습니다. 그렇지 않으면 나와 그녀는 모든 것이 없어지고 만다고 했습니다. 돈 지갑도 얼마 후에는 다 떨어질 것이고 이 때문에 어떤 일이 벌어질지 모른다는 것이었습니다.

돈도 떨어질 것이라는 이야기를 듣자, 나는 그 밖에 또 어떤 일이 일어날 것인지에 대해서는 물어보지도 않았습니다. 나는 어깨를 으쓱하면서 잠자코 있었습니다. 그녀도 나의 심정을 이해한 것 같았습니다.

우리는 짐을 꾸리고 마차에 올랐습니다. 궁전과 연관이 있을 거라고는 생각되지 않는 그 작은 상자를 우리 맞은편에 놓은 채 여러 정류장을 지났습니다. 물론 여전히 오른쪽과 왼쪽에 걸어 놓은 주머니에서 마차 운임과 팁을 기분 좋게 지불하곤 했습니다. 드디어 우리는 어느 산악 지대에 도착했습니다. 아름다운 아내는 마차에서 내리자 지체 없이 앞장섰고 나는 그녀의 분부대로 작은 상자를 가지고 뒤를 따랐습니다. 그녀는 상당히 험한 샛길을 지나 어느 좁은 초원으로 나를 데리고 갔습니다. 맑은 시냇물이 여울이 되기도 했다가 또 완만하게 넘실거리며 흘러가기도 했습니다. 이쯤에 이르자, 그녀가 조금 높고 평탄한 한 지점을 가리키며 작은 상자를 거기에 내려놓으라고 명령하고는 이렇게 덧붙였습니다.

"안녕히 가세요. 돌아가시는 길은 이제 쉽게 찾을 수 있으시죠? 나를 잊지 말아 주세요. 그리고 다시 만날 수 있기를 바랍니다."

그 순간 나는 차마 그녀에게서 떠나갈 수 없는 심정이었습니다. 지금부터 그녀에게는 멋진 날과 행복한 시간이 다시 돌아온 셈이었지요. 그처럼 사랑스러운 사람과 단둘이서 푸른 초원 위, 풀과 꽃 그리고 바위에 둘러싸여 물소리를 듣는데 그 누가 무감각하게 가만히 있을 수 있겠습니까? 나는 그녀의 손을 잡고 포옹하려고 했습니다. 그러나 그녀는 나를 밀어젖히더니 변함없이 애정에 가득 찬 눈초리로 나에게 당장 떠나가지 않으면 큰 위험이 다가온다고 경고했습니다.

나는 소리쳤습니다.

"그러면 내가 당신 곁에 있고 당신이 나를 곁에 붙잡아 둘 수 있는 방법은 전혀 없단 말이오?"

괴테의 예술동화

나의 이 말에는 사뭇 애처로운 몸짓과 어조가 깃들여 있었기 때문에 그녀의 마음을 움직였는지 한참을 주저하더니, 우리의 특별한 관계를 지속시키는 것이 불가능한 것만은 아니라고 고백했습니다. 그 순간 나보다 더 행복한 사람이 있었을까요? 내가 간절히 애원하자 그녀는 드디어 입을 열어 이렇게 말했습니다. 만일 내가 전에 들여다 본 일이 있는 그녀의 모습처럼 작아져서 함께 지낼 결심만 하면 그녀 곁에 머무를 수 있고 그녀의 집, 그녀의 나라, 그녀의 가족에게로 함께 갈 수 있다는 것입니다. 이 제안이 아주 흡족한 것만은 아니었습니다. 그러나 이 순간에 나는 그녀로부터 도저히 떠날 수 없었고 게다가 이미 예전부터 신비스러운 것에는 익숙했었기에 곧바로 결심을 쉽게 할 수 있었습니다. 그래서 나는 곧 승낙하고는 그녀가 원하는 대로 해도 좋다고 말했습니다. 그러자 그녀는 내 오른손 새끼손가락을 내밀게 해서 자신의 새끼손가락을 그 옆에다 갖다 대고는 왼쪽 손으로 금반지를 살짝 빼어서 내 손가락에 옮겨 끼었습니다. 반지가 끼워지자 손가락에 심한 통증을 느꼈습니다. 반지가 오르라들어 나를 무섭게 짓눌렀기 때문입니다. 나도 모르게 큰소리를 지르고 사방에 손을 뻗어 아내를 찾았지만 그녀의 모습은 온데간데없이 사라져 버렸습니다. 그 때 내 기분이 어떠했는지는 말로 표현할 수 없었습니다. 다만 내가 말할 수 있는 것은 나 역시 금세 키 작은 난쟁이로 변해 나의 아내와 나란히 풀줄기가 울창하게 들어찬 한가운데 있는 것을 알았다는 것뿐입니다. 잠깐 동안이기는 했지만 그처럼 이상한 이별 뒤의 재회의 기쁨 또는 여러분이 달리 표현하고자 한다면 이별 없는 재결합의 그 기쁨이란 상상조차 할 수 없는 것이었습니다. 나는 그녀의 목을 꼭 껴안았습니다. 그녀는 나의 포옹에 응답해 주었습니다. 이렇게 하여 우리 작은 한 쌍은 컸을 때에 못지않게 행복감에 젖어있었습니다.

다소 불편을 겪으면서 우리들은 곧 언덕으로 올라갔습니다. 이 초원은 우리에게 거의 뚫고 지나갈 수 없을 만큼의 숲이었기 때문입니다. 하지만 우리는 마침내 한 빈터에 이르렀는데, 그곳에 형체를 갖춘 어떤 큼지막한 것을 보았습니다. 그런데 그것이 내가 아까 놓아 둔 작은 상자라는 것을 알았을 때 얼마나 놀랐겠습니까?

아내가 말했습니다.

"당신은 저쪽에 가셔서 반지를 가지고 두드려 보세요. 기적을 보시게 될 겁니다"

그런데 과연 내가 그것을 두드리자마자 엄청난 기적이 일어났습니다. 곧바로 두 개의 측면 건물이 나타나면서 여러 부분이 마치 비늘처럼 떨어지더니 거기에는 문, 창문, 주랑(柱廊) 등 완전한 궁전의 모습이 눈앞에 펼쳐졌습니다.

한 번 잡아당기면 많은 용수철과 태엽이 움직여서 필기판, 문방구, 편지함 그리고 돈 상자가 한꺼번에 또는 잠시 후에 차례로 나오게 되어 있는 뢴트겐식의 정교한 책상을 본 일이 있는 사람이라면 그 궁전이 어떻게 전개되었는지 상상할 수 있을 겁니다. 어쨌든 나의 귀여운 동반자는 나를 데리고 궁전 안으로 들어갔습니다. 무척 넓은 홀에서, 내가 전에 위에서 내려다보았던 난로와 그녀가 앉아 있었던 안락의자를 곧바로 알아보았습니다. 그리고 위를 올려보자 거기에는 내가 보았던 둥근 천장의 틈새 같은 것까지도 실제로 있는 것 같았습니다. 그 밖에 많은 것을 장황하게 늘어놓아 여러분을 번거롭게 하지는 않겠습니다. 요컨대 모든 것이 넓고 훌륭해서 그 취향의 풍성함을 느낄 수 있었습니다. 이러한 놀라움으로부터 깨어나기도 전에 멀리서 군악대 소리가 들려왔습니다. 아름다운 아내는 기쁨에 겨워 총총히 뛰어오르며 아버지의 도착을 나에게 알려 주었습니다. 문 입구로 나간 우리는 바위 틈새를 통해, 당당하게 이쪽으로 행전해 오는 화려한 행렬을 바라볼 수 있었습니다. 군대, 하인, 왕실에서 일하는 관리 그리고 화려한 고관들이 뒤에서 줄줄이 따라왔습니다. 그리고 마지막으로 황금색으로 빛나는 일행과 그 가운데 있는 왕도 보였습니다. 모든 행렬이 궁전 앞에 정렬하자 왕이 그의 측근들과 함께 앞으로 걸어 나왔습니다. 그러자 왕의 귀여운 딸은 왕을 맞이하기 위해 서둘러 나를 데리고 갔습니다. 우리는 왕의 발밑에 엎드렸습니다. 왕은 아주 자비롭게 나를 일으켜 세웠습니다. 이어 내가 왕의 앞에 서게 되었을 때 비로소 나는 나 자신이 이 소인국에서는 분명 가장 멋진 체격을 갖고 있다는 것을 알았습니다. 우리는 함께 궁전으로 들어갔습니다. 그리고 모든 신하들이 함께 있는 궁전에서 왕은 세련된 말로 우리 두 사람이 여기 있는 것을

괴테의 예술동화

발견하고 놀랐다며 환영의 뜻을 나타내고는 나를 사위로 인정함과 동시에 내일 결혼식을 올릴 것을 선언했습니다.

결혼이라는 말을 듣자 나는 갑자기 너무나 무섭다는 생각이 들었습니다. 나는 지금껏 결혼이라는 것을, 평소 이 세상에서 가장 싫어하는 음악보다도 더 두려워했기 때문입니다. 이것은 나의 입버릇이지만, 음악을 하는 친구들은 자기들끼리는 일치하고 있다느니 조화를 이루어 일을 하고 있다느니 하는 말을 하면서 스스로 자부하고 있습니다. 여하튼 그들은 오랫동안 장단을 맞추느라 불협화음으로 귀를 멍하게 만든 다음에야 말합니다.

"자, 이것으로 조율은 끝났다. 악기와 악기 사이도 빈틈없이 꼭 맞았다"

이 말은 완고하게 믿어 의심치 않습니다. 음악 지휘자들마저 이런 어이없는 망상에 빠진 채 즐겁게 음악이 시작되지만 관객들의 귀에는 시끄러운 소리로만 들릴 뿐이지요. 그러나 결혼 생활에는 이런 것마저 적용되지 않습니다. 결혼 생활이란 이중주에 지나지 않으니 두 개의 목소리 혹은 두 개의 악기처럼 그럭저럭 장단을 맞출 수 있지 않겠는가 하고 생각하겠지만 실제로는 그런 조화란 좀처럼 없는 일입니다. 남편이 어떤 소리를 내면 아내는 곧 좀 더 높은 소리로 이에 응답하고, 남편은 또 그보다 한 단계 더 높은 소리로 받아넘깁니다. 이렇게 하여 실내악의 장단에서 합창곡의 장단으로 올라가 급기야는 취주 악기 그 자체가 따라갈 수 없게 되는 것입니다. 이런 이유로 장단이 잘 맞는 음악까지도 싫어하는 나이고 보면 장단이 전혀 맞지 않는 음악으로 인해 참을 수 없다고 해서 나를 나쁘게 보지 않기를 바랍니다.

그 날은 갖가지 축제가 벌어졌지만 이에 관해서는 말하고 싶지 않고 또 말할 수도 없습니다. 나는 그런 것에는 전혀 주의를 기울이지 않았기 때문입니다. 산해진미에 고급술도 즐거움을 주지 못했습니다. 그러나 이렇다 할 좋은 생각이 떠오르지 않았습니다. 밤이 되자 지금 당장 여기를 빠져 나가 어딘가에 몸을 숨기기로 결심했습니다. 다행히도 어떤 바위 틈새를 발견할 수 있었고 그 안으로 가까스로 몸을 숨기게 되었습니다. 그 다음 내가 첫 번째로 관심을 쏟은 것은 이 재난의 반지를 손가락에서 빼내는 일이었습니다. 그러나 이 일은 아무리 해도 잘 되지 않았습니다. 오히려 반지를 빼내려는 생각을 하기가 무섭게 반지는 점점 더 조여 들어왔습니다. 반지를 빼내려는 생각만 해도 심한 고통을 느꼈고 그 계획을 중단하면 이상하게도 통증은 씻은 듯이 사라졌습니다.

아침 일찍 눈을 뜨자 작은 몸을 한 나는 그 동안 깊이 잠들어 있었습니다. 주위를 멀리까지 살펴보기 시작했는데 이 때 내 위에 빗줄기 같은 것이 내려왔습니다. 그것은 풀과 나뭇잎 그리고 꽃 사이에 마치 모래나 석탄 가루처럼 많은 양이 떨어지고 있었습니다. 그러나 내 주위에 그리고 내 위에 떨어진 것들이 모두 움직이기 시작했습니다. 그것이 한 무리의 개미 떼라는 것을 알았을 때에 나의 놀라움은 얼마나 컸겠습니까. 개미들은 나를 확인하자마자 곧바로 공격해 들어왔습니다. 그래서 나도 기운을 내어 용감하게 방어전을 폈지만 마침내 그들이 나를 덮쳐버린 채 꼬집고 괴롭혔기 때문에, 항복하라고 외치는 소리를 들었을 때 오히려 기뻐했습니다. 실제로 나는 바로 항복했습니다. 그러자 당당한 체격을 가진 개미가 정중하고도 공손한 태도로 나에게 와 용서를 구했습니다, 들어보니 개미들은 나의 장인과 동맹 관계를 맺고 있는데 이번에 나의 도주 사건으로 그에게 호출을 받아 나를 데리고 오라는 책임을 맡게 되었다는 것입니다. 이렇게 해서 이제 나라는 난쟁이는 훨씬 작은 자들의 수중에 들어가게 된 셈입니다. 나는 결혼할 것을 결심했습니다. 그리고 나의 장인이 화를 내지도 않고 나의 아내도 불쾌하게 생각하지 않는 것을 보며 다시금 하느님에게 감사를 드렸습니다.

결혼 의식에 관한 모든 이야기는 그만두기로 하겠습니다. 어쨌든 우리들은 결혼했으니까요. 우리 두 사람의 관계는 확실히 즐겁고 쾌활하게 발전해 갔습니다. 그래도 때로는 쓸쓸한 시간이 있어서 그럴 때면 나는 깊은 생각에 잠기곤 했습니다. 놀라운 것은 예전에는 전혀 가져 보지 못한 어떤 기분을 느꼈다는 것입니다. 그것이 어떤 것이며 그것이 어떻게 나타났는지를 이야기해 드리겠습니다.

내 주위에 있는 모든 것들은 나의 현재의 모습과 나의 요구에 꼭 들어맞는 것이었습니다. 술병이나 술잔도 몸과 키가 작

괴테의 예술동화

아져 버린 음주가인 나에게는 잘 어울리는 것이었습니다. 아니 그뿐 아니라 우리 인간세계의 경우와 비교하여 볼 때 더욱 적당한 비율을 가지고 있다 해도 좋을 것입니다. 나의 작은 입에 와 닿는 연한 음식은 아주 맛이 있었고 아내의 그 예쁜 입술의 키스도 매혹적이었습니다. 그리고 신기하다는 것이 이 모든 상황을 아주 행복한 것으로 만들어 준 것을 부인할 수 없었습니다. 그렇지만 유감스럽게도 지난날의 생활을 잊을 수는 없었습니다. 내 마음속에 남아있는 옛날의 척도가 나를 불안하고도 불행하게 만들었습니다. 그제야 나는 철학자들이 말하는 소위 이상이라는 것에 의해서 인간이 왜 그토록 괴로워하는지를 이해할 수 있었습니다. 나 역시 하나의 이상을 가지고 있었습니다. 그리고 그것은 꿈속에서 거인과 같은 모습으로 나타나고는 했습니다. 요컨대 아내, 반지, 난쟁이의 모습, 그 밖의 여러 가지 속박이 나를 극도로 불행하게 만들었기에, 나는 자신의 해방에 대해 진지하게 생각하게 되었습니다.

모든 마력은 반지 속에 숨어 있다고 생각했기 때문에 반지를 줄로 잘라 버릴 결심을 했습니다. 그 때문에 나는 궁중의 보석 세공쟁이에게서 줄을 두세 개 몰래 훔쳤습니다. 다행이도 나는 왼손잡이였기에 오른손으로 일을 한 적은 없었습니다. 나는 곧 용감하게 일에 착수했습니다. 그렇지만 손쉬운 일은 아니었습니다. 왜냐하면 그 작은 금반지는 보기에는 얇았지만 처음에 큰 것에서 오그라들었기 때문에 그만큼 두꺼워졌기 때문입니다. 나는 틈이 날 때마다 사람들 눈에 띄지 않게 주의하면서 이 일에 열중했습니다. 그리고 이 금속이 얼마 후에 갈라지게 되었을 때에는 현명하게도 집 밖으로 뛰쳐나갈 수 있었습니다. 이 일은 성공적이었습니다. 왜냐하면 금반지가 갑자기 대단한 기세로 내 손가락에서 튀어 나가자 내 몸은 정말로 하늘에 부딪치지 않을까 싶을 만큼 격렬하게 위로 위로 뻗어 갔기 때문입니다. 그 때문에 나는 더위를 피해 세운 여름 궁전의 둥근 천장을 꿰뚫어 버렸습니다. 하마터면 그 궁전 건물 전체까지도 나의 건강하고 묵직한 힘으로 파괴되어 버릴 뻔했습니다.

나는 이제 다시 전보다 몇 배나 키가 커진 상태로 홀로 그곳에서 있었습니다. 그러나 동시에 몇 배나 더 어리석고 둔해진 것 같았습니다. 이어 망연자실 상태에서 다시 회복하여 보니 내 옆에 작은 상자가 있는 것을 알았습니다. 그래서 그것을 들어 올려 몸에 지니고 마차 정류소를 향해 오솔길을 내려갔는데 그 때 나는 이 상자가 상당히 무거운 것을 느꼈습니다. 정류소에서 말을 마차에 매자 곧 길을 달렸습니다. 가면서 나는 마차 양쪽에 달려있는 주머니를 조사해 보았습니다. 안에 있던 돈은 없어진 것 같았지만 그 대신 작은 열쇠 하나를 찾을 수 있었습니다. 그런데 이것이 상자에 꼭 들어맞자 상자를 열어 보니 거기에는 한동안 쓸 만큼의 돈이 있었습니다. 그래서 이 돈이 남아 있는 동안은 마차를 이용했고, 돈이 떨어지자 마차를 팔아 그 돈으로 우편 마차를 타고 다녔습니다. 작은 상자는 맨 마지막에 처분했습니다. 왜냐하면 작은 상자가 다시 한번 돈으로 가득 차지 않을까 하고 늘 생각했기 때문입니다. 이렇게 하여 나는 상당히 먼 길을 돌고 돌았지만 여러분께 처음 내 자신을 소개한 숙소의 부엌 그리고 여자 요리사가 있는 이곳으로 마침내 다시 돌아왔습니다.

동화

녹색 뱀과 백합

Johann Wolfgang von Goethe

　　　　　　　폭우로 넘쳐흐른 넓은 강가에
놓여있는 작은 오두막 안에 고된 하루의 일과에 지친 늙은 뱃
사공이 누워 잠을 자고 있었다. 밤이 깊어갈 무렵 그는 커다란
목소리에 잠이 깨었다. 여행객들이 강을 건너려는 소리를 들
었기 때문이다.

　문가에 다가갔을 때, 그는 동여매어 놓은 나룻배 위로 두개
의 도깨비 불빛을 보았다. 그로 미루어 보건대, 성마른 도깨비
불들은 마음이 급해 이미 저편 강기슭에 도달해 있었다. 노인
은 지체 없이 능숙한 솜씨로 배를 저어 파도를 거슬러 올라갔

다. 강을 건너는 동안 낯선 도깨비들은 낯설고 매우 빠른 언어로 서로 속삭이며, 때때로 커다란 웃음을 터뜨리며, 나룻배 가장자리와 바닥을 이리저리 뛰어다녔다. 그러자 노인이 소리쳤다.

"배가 흔들린다! 계속 그렇게 왔다 갔다 하면, 배가 뒤집힐 수도 있으니, 자리에 앉아라, 이 도깨비불들아!"

이 말을 듣고 도깨비불들은 큰소리로 웃음을 터뜨리고는 뱃사공을 조롱하며 전보다 훨씬 더 심하게 움직였다. 뱃사공은 도깨비불들의 무례함을 참고 강 건너편에 배를 대었다.

"뱃삯은 여기 있소."

도깨비불들은 이렇게 소리치더니, 손을 흔들어 많은 황금덩어리들을 축축한 나룻배 여기저기에 떨어뜨렸다. 뱃사공이 소리쳤다.

"맙소사. 너희들 지금 무슨 짓을 하는 거야? 너희들은 나를 크다란 불행으로 몰아넣는구나. 황금덩어리들이 물속으로 떨어지면, 이 금속을 싫어하는 폭풍우가 엄청난 파도를 몰고 와 배와 나를 삼켜버릴 게야. 너희들도 어찌 될지 누가 알겠어?

괴테의 예술동화

너희들의 황금을 다시 집어넣어라!"

도깨비불들이 대답하였다.

"우리는 한번 떨쳐 버린 것을 다시 줍지 않아."

"그럼 너희들은 나에게 황금덩어리를 찾아서 땅으로 옮겨 파묻어야 하는 수고를 끼치는구나."

몸을 굽혀 황금덩어리들을 자기 모자에 옮기며 뱃사공이 말했다.

도깨비불들이 배에서 뛰어내릴 때, 뱃사공이 소리쳤다.

"뱃삯은 왜 안주는 거야?"

도깨비불들이 소리쳤다.

"황금을 받지 않는다면, 공짜로 일하는 수밖에 없지."

"너희들이 알아야 할 것은, 나는 오직 지상의 과일들로만 뱃삯을 받는다는 거야."

"지상의 과일들로? 우리는 그걸 싫어해서 아직 한 번도 즐긴 적이 없어."

"그렇다고 해도 너희들이 내게 세 개의 양배추와 세 개의 엉겅퀴 그리고 세 개의 커다란 양파를 가져다준다고 약속하기 전까지 너희들을 놓아줄 수 없어."

도깨비불들은 낄낄거리며 도망치려 하였으나, 그제야 그들은 뭔가 알지 못할 방법으로 바닥에서 발이 떨어지지 않았다. 도깨비불들은 이제껏 그런 불쾌한 느낌을 겪어본 적이 없었다. 도깨비불들은 다음번에 뱃사공이 요구한 것을 들어주기로 약속한 후에야, 뱃사공은 도깨비불들을 풀어주고 떠나갔다.

"노인장, 들어보시오, 노인장! 아직 중요한 얘기가 남았어."

도깨비불들이 소리쳤을 때 이미 뱃사공은 저 멀리 가서 그들의 말을 들을 수가 없었다. 뱃사공은 강줄기를 따라 곧장 내려갔다. 물길이 닿지 않는 산으로 둘러싸인 곳에 그 위험한 황금덩어리를 파묻을 생각이었다. 그곳에서 뱃사공은 높은 암벽 사이에 엄청난 계곡을 발견하고, 황금을 거기에 흩뿌리고 오두막으로 되돌아갔다.

이 계곡에는 아름다운 녹색 뱀이 살고 있었다. 녹색 뱀은 짤랑거리며 떨어지는 동전들의 소리에 잠에서 깨어났다. 녹색 뱀은 그 빛나는 동전을 보고는 호기심을 참을 수 없어 곧장 삼키고는, 나머지 덤불과 바위틈 사이로 흩뿌려진 모든 황금조

각들을 하나하나 찾아 나섰다.

그것들을 모두 삼키자, 녹색 뱀은 황금이 자신의 위장에서 더할 나위 없이 기분 좋게 녹아내리고, 온몸으로 퍼져나가는 것을 느꼈다. 그리고 자신의 몸이 투명해져서 빛이 나는 것을 알고는 뛸 듯이 기뻐했다. 물론 이런 현상이 가능하리라는 것을 오랫동안 들어서 알고는 있었다. 하지만 녹색 뱀은 이 빛이 얼마나 오랫동안 지속될지 반신반의하여 호기심이 생긴 것도 있지만, 미래에 대해 확실히 해두기 위해, 도대체 누가 이 아름다운 황금을 뿌렸는지 알아보려 암벽 밖으로 나왔다. 그렇지만 아무도 보이지 않았다. 녹색 뱀은 야채와 덤불사이를 기어갔다. 신선한 풀밭을 가로질러 퍼져나가는 그 우아한 불빛에 스스로 경탄하였으며, 그럴수록 만족감은 더 커졌다. 모든 잎사귀들은 에메랄드빛에 물들고, 모든 꽃들은 더할 나위 없이 아름답게 물들어 빛났다. 뱀은 황량한 벌판을 이리저리 돌아다녔다. 벌판을 기어서, 저 멀리 자신과 유사한 광채를 보았을 때 희망은 점점 더 커져갔다.

"기필코 나처럼 빛나는 누군가를 발견하리라!"

녹색 뱀은 흥분하여 외치고는 서둘러 그곳을 향해갔다. 늪과 갈대밭을 헤쳐 기어가면서도 별 어려움을 느끼지 못했다. 녹색 뱀은 메마른 산간의 초원과 높은 바위틈새에서 사는 것을 좋아하고, 향료와도 같은 채소를 즐겨 먹고, 부드러운 이슬과 신선한 우물물로 갈증을 달랬지만, 그 사랑스러운 황금과 현란한 빛을 보리라는 희망 때문에 그에게 어떠한 어려움도 기꺼이 감수했을 것이다.

몹시 지친 녹색 뱀은 마침내 축축한 갈대숲에 도착하였다. 그곳은 두 도깨비불이 왔다 갔다 하며 놀았던 곳이었다. 녹색 뱀은 그들을 향해 나아가 반갑게 인사를 하고, 자신과 같은 부류의 멋진 신사들을 발견하게 된 것을 기뻐하였다. 도깨비불 빛들은 녹색 뱀의 곁을 스쳐지나가며, 뱀 위로 뛰어넘어가며, 그들 특유의 웃음을 터트렸다. 그리고 말했다.

"뱀이여, 만약 당신의 불빛이 수평으로 퍼져 그것을 뽐낸다 한들 소용없을 것입니다. 물론 우리가 겉으로 보기에는 비슷합니다. 그렇지만 한번 보세요, (두 도깨비불빛은 몸의 넓이를 좁게 만들어, 가능한 최대로 길고 뾰족하게 만든다.) 이 길게 뻗은 길이가 우리 수

괴테의 예술동화

직의 신사들을 얼마나 멋지게 치장해 주는지. 우리를 나쁘게 생각지는 마세요, 나의 여자 친구*여. 도깨비불이 있는데, 어떤 가족이 그런 것을 뽐낼 수 있겠소? 우리는 수평으로 불길을 퍼뜨릴 수도, 수직으로 세울 수도 있습니다."

자신과 비슷하다고 여겼던 친척들과 함께 있으면서도 녹색 뱀은 대단히 불편함을 느꼈다. 녹색 뱀은 그 자리를 떠나고 싶어 고개를 높이 쳐들고 싶었지만, 고개가 땅으로 숙여지는 것을 알았기 때문이었다. 녹색 뱀은 조금 전까지만 해도 어두운 숲 속에서 극도의 만족을 느꼈으나, 이 친척들과 함께 있는 순간순간 자신의 광채가 줄어드는 것만 같았다. 심지어 녹색 뱀은 그 광채가 결국 소멸되지나 않을까 두려워졌다.

녹색 뱀은 당황하여 그 신사들이 어떤 소식을 알려줄 수 있는지, 즉 방금 전에 바위 틈새로 떨어진 빛나는 황금이 어디에서 온 것인지 물어보았다.

신사들은 추측하여 말했다.

---

* 뱀과 도깨비불이 몸에서 빛을 낼 수 있다는 공통점에서 저자는 친척이나 가족, 친구란 표현을 하였으며, 뱀이 문법적으로 여성이기에 여자 친구나 여자 친척이라는 표현을 썼다.

"하늘에서 바로 흩뿌려지는 것은 황금의 비일 것입니다."

도깨비불들은 몸을 흔들며 웃었다. 그러자 엄청난 양의 금화가 주변에 튕겨져 나왔다. 녹색 뱀은 재빨리 다가가서 그것들을 삼켰다.

그러자 점잖은 신사들은 말하였다.

"마음껏 즐기세요, 여자 친척이여. 우리는 더 기다려 드릴 수도 있습니다."

그들이 몇 차례 더 빨리 몸을 흔들자, 녹색 뱀은 맛있는 음식을 충분히 소화시킬 수가 없었다. 녹색 뱀은 얼핏 보기에도 외모가 커지기 시작하여, 영롱한 색채를 띠게 되었다. 그러는 동안 도깨비불들은 무척 수척해지고 작아지게 되었지만, 그들의 유쾌한 기분만큼은 조금도 손상되지 않았다.

"나는 영원히 그대들에 빛을 지게 되었소."

음식을 충분히 섭취한 뒤 숨을 고르면서 녹색 뱀이 말했다.

"그대들이 원하는 것을 말해보시오. 내 힘이 닿는 대로 그대들의 소원을 들어드리겠소."

도깨비불들은 외쳤다.

"참으로 고마운 일이오. 아름다운 백합이 사는 곳을 아시나요? 우리를 가능한 빨리 그 아름다운 백합의 궁정과 정원으로 인도해 주세요. 우리는 그 백합의 발치에 우리의 모든 것을 바치고 싶습니다."

뱀은 깊은 한숨을 내쉬며 대답하였다.

"그 일은 당장 해드릴 수가 없습니다. 유감스럽지만 아름다운 백합은 강 저편에 살고 있소."

"강 저편에! 폭풍우 몰아치는 이 밤에 우리는 강을 건너왔습니다. 우리를 이렇게 갈라놓다니, 저 강은 정말로 잔인하군요! 그렇다면 그 뱃사공을 다시 불러오는 것은 불가능한 일인가요?"

녹색 뱀이 대답하였다.

"아마 헛된 일일 것입니다. 그대들이 그를 이쪽 강기슭으로 불러 온다하더라도, 뱃사공은 그대들을 태우지 않을 것이요. 그는 누구든지 강 이쪽으로 데려올 수는 있지만, 어느 누구도 다시 데려다 주지는 못합니다."

"제발 이렇게 부탁드립니다. 강을 건너가는 다른 방법이 없을까요?"

"방법이 있기는 하지만 지금 당장은 안 됩니다. 내가 그대들을 건네줄 수는 있지만 정오가 되어야 가능합니다."

"그 때는 우리가 움직이기 힘든 시간입니다."

"그렇다면 그대들은 저녁 무렵에 거인의 그림자를 이용하여 강을 건너갈 수 있습니다."

"어떻게 하면 되지요?"

"여기서 그리 멀지 않은 곳에 사는 커다란 거인은 자신의 육신으로 할 수 있는 것은 아무것도 없습니다. 그의 손은 지푸라기 하나 들어 올릴 수 없으며, 그의 어깨는 쌀 한 가마니 나를 수가 없지요. 하지만 그의 그림자는 많은 일을 할 수가 있습니다. 그렇습니다. 모든 것이 가능하지요. 그는 해가 뜨고 질 때 가장 힘이 세집니다. 밤이 되면 사람들은 그의 그림자의 목덜미에 앉을 수 있습니다. 그러면 거인은 천천히 산기슭 저편으로 갑니다. 그림자는 방랑자들을 강의 건너편에 데려다 주는 것이지요. 그대들은 정오 무렵, 덤불이 빽빽한 강기슭과 잇닿아 있는 저기 숲의 구석에 들어가 있으면, 내가 그대들을 건네주고 아름다운 백합에게 소개시켜 드리겠습니다. 하지만 정오의 더위를 피하고자 한다면, 저녁 무렵에 강기슭 바위에서 거인을 찾으세요. 틀림없이 제 시간에 나타날 것입니다."

가볍게 인사를 한 후 젊은 신사들은 멀어져 갔다. 녹색 뱀은 그들로부터 벗어나게 되어 기뻤다. 녹색 뱀은 자신의 빛에 만족하기도 하였고, 한편으로 오랫동안 기묘하게 자신을 괴롭혀 왔던 호기심을 만족시킬 수 있어 더욱 기뻤다.

녹색 뱀은 자기가 지나 다녔던 바위 틈새 속의 어떤 장소에서 이상한 점을 발견했다. 깊은 심연에서 한 줌의 빛도 없어 기어 다니는데도 느낌만으로 사물들을 정확하게 구별할 수 있었던 것이다. 늘 그렇듯이 울퉁불퉁한 천연자원들이 도처에 널려 있었다. 거대한 크리스털의 틈새 사이로 빠져나가는 동안, 뱀은 순수한 은으로 이루어진 갈고리와 머리카락을 느끼고는 다른 보석들과 함께 밝은 곳으로 가지고 나왔다. 놀랍게도 둥글게 닫힌 암벽 속에서 인간의 손에 의해 만들어졌음을 알려주는 조형물을 보고 녹색 뱀은 깜짝 놀랐다. - 뱀이 오를 수 없는 매끈한 벽, 날카롭고 규칙적인 모서리, 잘 빚어진 기둥 그리고 특별하다고 느낀 인간의 형상 - 이런 형상들을 여러 차례 휘감고 지나가면서 녹색 뱀은 단지 광석이나 잘 제련된 대리석이라 생각했던 것이다. 이 모든 체험들을 녹색 뱀은 직접 눈으로 확인하고 싶었다. 단지 추측하기만 했던 모든 것을 확신하고 싶었던 것이다. 녹색 뱀은 자신의 몸에서 발산되는 빛을 통해 놀라운 지하의 구조물을 비출 수 있으리라 확신했고, 단 한 번으로 이 특별한 사물을 완전히 인식하기를 희망했다. 녹색 뱀은 걸음을 재촉하여, 늘 다니던 익숙한 길에서, 자신이 그 성스러운 곳으로 다니곤 했었던 바위틈을 쉽게 발견했다.

녹색 뱀은 그 장소에 왔을 때 호기심으로 주변을 둘러보았다. 녹색 뱀의 외관이 성지에 있는 모든 물체를 완전하게 비추지는 못할지라도, 가까이에 있는 물체들은 뚜렷하게 보였다. 녹색 뱀은 빛나는 벽감에 순금의 고귀한 왕의 조상(彫像)이 놓여있는 것을 경탄과 경외심을 가지고 바라보았다. 그 규모로 미루어 입상은 실제 인간의 크기보다 크지만, 형상으로 보면 그 조상은 거인의 것이라기보다는 작은 사람의 조상이었다.

잘 빚어진 육신은 소박한 외투로 둘러싸여 있었고, 머리카락
은 참나무로 만든 화환으로 동여매고 있었다.

녹색 뱀이 이 고귀한 조상을 쳐다보자 금으로 된 왕이 질문
을 던졌다.

"그대는 어디에서 왔는가?"

"금이 늘부러져 있는 계곡으로부터 왔습니다."

"금보다 더 훌륭한 것이 무엇이던가?"

"빛이옵니다."

"빛보다 상쾌한 것이 무엇인가?"

"바로 대화이옵니다."

녹색 뱀은 대화를 나누면서 주위를 훔쳐보았다. 다음 번 벽
감에는 또 다른 훌륭한 조상이 있었다. 그곳에는 은으로 된 왕
이 앉아있었다. 그의 형상은 길고 다소 여윈 편이었다. 그의
육신은 장식이 된 의복으로 덮여 있었고, 왕관과 요대, 보석이
박힌 왕홀(王笏)로 치장되어 있었다. 은으로 된 왕은 자부심이
충만한 명랑한 얼굴을 하고 있었으며, 은으로 된 왕이 뭔가를
말하려고 할 때, 대리석 벽 옆의 어두운 색으로 흐르는 혈관이

마찬가지로 갑자기 밝아지고 아늑한 빛이 사원 전체로 퍼져갔다. 그 빛 옆으로 청동으로 된 거대한 세 번째 왕을 보았는데, 그는 자신이 잡고 있는 막대기에 몸을 기대고 월계관으로 장식되어 있어 인간이라기보다는 오히려 암석의 모양을 하고 있었다. 녹색 뱀은 네 번째 왕을 찾아 주변을 살펴보았다. 네 번째 왕은 뱀으로부터 상당히 떨어져 서 있었다. 벽이 열리자 빛나는 혈관은 번갯불처럼 움찔하더니 이내 사라져 버렸다.

보통 키의 한 남자가 걸어 나와 뱀의 주목을 끌었다. 그는 농부의 옷차림에 손에는 작은 등불을 들고 있었다. 등불에는 불꽃이 고요히 타오르고 있었으며, 아무런 그림자도 드리우지 않은 채 절묘하게 사원 전체를 밝혀주고 있었다.

금으로 된 왕이 등불을 든 노인에게 물었다.

"우리가 빛을 가지고 있는데 그대는 무슨 이유로 여기에 온 것인가?"

"당신들께서는, 내가 어두움을 밝혀서는 안 된다고 알고 계시는 군요."

"나의 왕국이 종말을 고하는가?"

괴테의 예술동화

은으로 된 왕이 등불을 든 노인에게 물었다.

"먼 미래에 그럴지도 그렇지 않을 수도 있습니다."

동으로 된 왕이 등불을 든 노인에게 물었다.

"나는 언제 일어설 수 있는가?"

"멀지 않아 그럴 것입니다."

"나는 누구와 함께해야 하는가?"

"막내 형제와 함께해야 합니다."

"막내는 어떻게 될 것인가?"

"그는 주저앉게 될 것입니다."

"나는 지치지 않았소."

네 번째 왕이 더듬거리고 거친 목소리로 소리쳤다.

왕들이 말하는 동안에 녹색 뱀은 사원을 나직하게 스쳐지나가 모든 것을 관찰하고는 네 번째 왕을 가까운 거리에서 쳐다보았다. 그는 기둥에 의지하고 있었으며, 그 우아한 형상은 아름답기보다는 오히려 침중했다. 그가 어떤 금속으로 이루어졌는지 쉽게 구별할 수가 없었다. 자세히 보니 그는 그의 형제들을 만든 세 가지 금속의 혼합물로 만들어진 것 같았다. 그렇지만 각각의 물질들이 적절하게 조화를 이뤄 주조된 것처럼 보이지는 않았다. 금과 은으로 이루어진 혈관은 불규칙하게 동으로 된 살덩어리 사이를 흐르고 있어서 그 형태를 일그러지게 하였다. 금으로 된 왕이 등불을 든 노인에게 물었다.

"그대는 몇 개의 비밀을 알고 있는가?"

"세 개이옵니다."

"어떤 것이 가장 중요한 것인가?"

은으로 된 왕이 물었다.

"모든 사람이 알고 있는 것입니다."

등불을 든 노인이 대답했다.

"우리에게 그것을 말해주겠는가?"

동으로 된 왕이 물었다.

"제가 네 번째 비밀을 알면 바로 알려드리겠습니다."

.등불을 든 노인이 말했다.

"그것이 나와 무슨 상관이 있는가?"

혼합물로 된 왕이 바로 앞에서 중얼거렸다.

"내가 네 번째 비밀을 알고 있습니다."

괴테의 예술동화

녹색 뱀이 말하고는 등불을 든 노인에게 다가가 귀에 대고 무엇인가를 속삭였다.

"시간이 되었습니다!"

등불을 든 노인은 커다란 목소리로 소리쳤다.

사원 안은 소리가 울려 퍼지고, 금속의 조상들은 카랑카랑한 소리를 내었다. 그 순간 등불을 든 노인은 서쪽으로, 녹색 뱀은 동쪽으로, 그리고 모든 것은 순식간에 계곡으로 사라져 갔다.

노인이 지나가는 모든 통로는 즉시 금으로 변하였다. 그가 가진 등불은 모든 돌을 금으로, 모든 나무를 은으로, 죽은 동물을 보석으로 변화시키고, 모든 금속을 소멸시키는 놀라운 능력을 지니고 있었기 때문이다. 이 놀라운 능력을 보이기 위해서는 등불은 오직 혼자 빛나야만 했다. 다른 등불이 곁에 있을 때는 그 등불은 단지 아름답게 빛날 뿐이다. 그럼에도 모든 생명체들은 그 등불을 통해 항상 생기를 되찾았다.

노인은 산자락에 지어진 자신의 오두막으로 들어가서 그의 아내가 슬픔에 잠겨있는 것을 발견했다. 그녀는 불가에 앉아 울고 있었으며, 울음을 그치지 않았다.

그녀가 소리쳤다.

"나는 참으로 불행합니다! 나는 당신을 오늘 보내고 싶지 않았습니다!"

노인이 조용히 물었다.

"도대체 무슨 일이 있었던 거요?"

그녀는 흐느끼며 말했다.

"당신이 떠난 뒤, 두 명의 광폭한 나그네가 문 앞에 왔었습니다. 나는 경솔하게 그들을 집안으로 들어오게 하였지요. 겉으로는 한 쌍의 점잖고 예의바른 사람들이었습니다. 그들은 가벼운 불꽃으로 둘러싸여 있었습니다. 그들을 도깨비불로 여길 정도였으니까요. 집에 들어오자 그들은 말할 수 없는 수치스러운 농담으로 치근거리기 시작했습니다. 그것을 생각하는 것조차 부끄러운 일입니다."

등불을 든 노인이 웃으면서 대답했다.

"아마 그 신사들이 농담을 하였겠지요. 당신 정도의 나이면 대개는 넉넉하게 웃으며 넘어가곤 합니다."

부인이 외쳤다.

"뭐라고요, 나이! 나이라고요! 항상 내 나이가 어떻다는 소리를 들어야 하나요? 내가 도대체 몇 살인가요? 참 치사한 넉넉함이군요! 나는 자신이 무엇을 아는지 그 정도는 알고 있답니다. 벽이 어찌 보이는지 주변을 한번 둘러보세요. 내가 백년 전부터 더 이상 살펴보지 않았던 낡은 돌덩이라도 한번 보세요. 모든 금을 그들이 혀로 핥았습니다. 당신은 그 속도를 믿을 수가 없겠지요. 그리고 그들은 거듭 확신하였지요. 그것이 흔해빠진 금보다 더 맛있다고요. 벽을 깨끗이 쓸어간 후에 그들은 매우 기분이 좋은 듯했어요. 틀림없이 그들은 잠깐 동안 훨씬 더 크고 넓고 더 반짝이게 되었습니다. 그리고 다시 나에게 방자하게 치근거리기 시작했어요. 나를 그들의 여왕이라 부르고는, 몸을 흔들어 많은 금화를 여기 저기 흩뿌렸습니다. 금화들이 저기 의자 아래 번쩍이는 것이 당신도 보이겠지요. 그런데 이 무슨 불행인가요! 우리의 삽살개가 그 중 몇 개를 먹었습니다. 그리고 저기 난롯가에 죽어 누워있어요. 가여운 짐승이여! 슬픔을 참을 수가 없습니다. 그들이 떠난 뒤에야 비로소 삽살개를 보았어요. 그렇지 않았다면 그들이 뱃사공에게 진 빚을 사공에게 갚아주리라 약속하지 않았을 텐데."

"그들이 무엇을 빚졌나요?"

부인이 노인에게 물었다.

"세 개의 양배추와 세 개의 엉겅퀴 그리고 세 개의 양파입니다. 낮이 되면 그들을 강가로 데려다 준다고 약속을 했습니다."

노인이 부인에게 대답했다.

"그들을 도와주어도 좋습니다. 그들은 가끔씩 우리 시중을 들게 될 테니까요."

"그들이 우리를 시중들지는 모르겠습니다. 그렇지만 그들은 약속하고 맹세하였습니다."

그러는 동안 난로의 불꽃이 사그라져 노인은 재투성이 석탄을 위에 올려놓고 번쩍이는 금화를 한쪽으로 치워놓았다. 이제 작은 등불은 다시 홀로 빛을 발하고 있었다. 형언할 수 없을 만큼 아름다운 광채 속에 벽들은 금으로 둘러싸이고, 삽살개는 사람들이 생각할 수도 없을 정도로 아름다운 마노가 되었다. 값진 암석에 교차되어 새겨진 갈색과 검은색이 그를 진귀한 예술작품으로 승화시켰다.

노인이 말했다.

"당신의 바구니를 들어 마노를 그 안에 세우세요. 그리고 세 개의 양배추와 세 개의 엉겅퀴 그리고 세 개의 양파를 바구니와 마노 주변에 놓고 강가로 가십시오. 정오 무렵에 녹색 뱀이 강을 건너게 해주면, 아름다운 백합을 찾아가시오. 그리고 백합에게 마노를 데려가시오. 백합은 살아있는 모든 것을 한번 만져줌으로써 죽음에 이르게 하는 것처럼, 삽살개를 한번 만져줌으로써 생기를 불어넣어줄 것입니다. 백합은 충실한 동반자를 갖게 될 것이오. 슬퍼해서는 안 된다고 그녀에게 전하시오. 백합은 머지않아 구원될 것이며, 엄청난 불행을 엄청난 행운이라 생각해도 좋다고 말이오, 이 모든 것은 시간이 되었기 때문이라고 말이오."

노파는 바구니를 준비하여 날이 밝자 길을 떠났다. 떠오르는 태양은 멀리서 번쩍이는 강위로 환하게 비추었고, 바구니가 머리를 짓누르고 있었기에, 노파의 느릿한 발걸음은 무거웠다. 하지만 어깨를 심하게 짓누르는 것은 마노가 아니었다. 모든 죽은 것을 나를 때 노파는 힘들다고 느끼지 못했다. 오히려 바구니는 공중으로 솟아올라 그녀의 머리위에 둥실거렸다. 하지만 신선한 채소나 살아있는 작은 동물을 나르는 것은 그녀에게는 무척 힘든 일이었다. 오랜 시간동안 그녀는 지겹도록 걷다가 갑자기 깜짝 놀라 얼어붙은 듯 멈춰 섰다. 하마터면 거인의 그림자를 밟을 뻔하였기 때문이다. 거인은 그녀에게까지 그림자를 뻗치고 있었다. 그녀는 비로소 그 어마어마한 거인을 보았다. 거인은 강물에서 목욕을 하고 있었고, 물에서 막 나오고 있었다. 그녀는 어떻게 거인에게서 도망쳐야 할지 알 수가 없었다. 거인이 노파를 발견하고는 장난삼아 인사하였다. 그림자의 손이 바구니를 움켜쥐었다. 너무도 쉽고 노련하게 양배추, 엉겅퀴 그리고 양파 하나씩을 꺼내 자신의 입으로 가져간 뒤에 강을 따라 올라가며 노파에게 길을 내주었다.

그녀는 돌아가서 모자라는 부분을 정원에서 보충해야 할지 잠시 생각하고는 이내 생각을 고쳐 계속 앞으로 나아가 강기슭에 도착했다. 그녀는 앉아서 한참이나 뱃사공을 기다렸다.

괴테의 예술동화

마침내 뱃사공이 멋진 여행객과 함께 강을 건너오는 것을 보았다. 여행객은 고결하고 아름다운 젊은이였다. 그녀가 자세히 보기도 전에 배에서 내려왔다. 노인이 소리쳤다.

"그대는 무엇을 가져왔는가?"

"도깨비불이 그대에게 빚진 채소입니다."

여인이 대답하며 채소를 내밀었다. 뱃사공은 물건이 각각 두 개씩임을 보고는 격노하여 그것을 받을 수 없노라고 단언하였다. 노파는 지금 집으로 갈 수 없노라고, 그녀가 가야할 길에 그 짐이 너무 힘에 겹다고 설명하고 간절히 부탁했다. 뱃사공은 퉁명스럽게 대답하고, 그것은 전혀 자신과는 무관한 일이라고 퉁명스럽게 말했다.

"내가 받아야 할 것은 아홉 개를 함께 받는 것이고, 나머지 세 개를 건네주기까지는 아무것도 받을 수 없소."

많은 논란이 오간 후 마침내 뱃사공이 대답했다

"아직 한 가지 방법이 있습니다. 만약 그대들이 강에 대고 그대가 빚이 있음을 인정하고 맹세한다면, 이 여섯 개를 받겠소. 그렇지만 약간의 위험이 따를 것이오."

"내가 약속을 지킨다면 위험을 무릅쓰지 않아도 되겠지요?"

"물론이오. 그대들의 손을 강물에 담그시오."

뱃사공은 말을 계속했다.

"내게 스물네 시간 내로 빚을 갚겠다고 약속하시오."

노파는 뱃사공이 시키는 대로 했다. 하지만 물에서 빠져나온 그녀의 손은 석탄처럼 검었다. 노파는 깜짝 놀라 뱃사공을 격렬하게 비난하며 자신의 손은 언제나 세상에서 가장 아름다웠으며, 고된 노동에도 그 고귀한 손을 하얗고 품위 있게 간직했노라 말했다. 노파는 자신의 손을 바라보고는 마음이 상해, 모든 것을 체념하여 뱃사공에게 소리쳤다.

"훨씬 더 나빠졌어! 손이 줄어들었어. 다른 손에 비해 훨씬 작아졌어!"

뱃사공이 소리쳤다.

"지금은 그렇게 보일 뿐이오, 만약 그대가 약속을 지키지 않으면 그것은 정말 작아질 것이오. 그리고 손을 사용할 때마다 점점 줄어들어 마침내 완전히 사라질 것이오. 그대는 그 상태로도 모든 일을 할 수 있을 겁니다. 아무도 손을 보지 않을 테니까 말이오.”

“차라리 손을 사용할 수 없는 편이 낫겠어요, 그러면 사람들이 나를 쳐다보지 않겠지요.”

노파는 그렇게 말하였지만, 그것은 아무 의미도 없는 말이었다.

“이 검게 변한 피부와 근심을 빨리 떨쳐버리기 위해서라도 나는 약속을 지킬 것입니다.”

노파는 서둘러 머리위에 홀로 떠서 공중에 제멋대로 흔들거리는 바구니를 잡고, 천천히 생각에 잠긴 채 강기슭으로 가고 있는 젊은이에게 다가갔다. 노파는 그의 훤칠한 외모와 특별한 의상에 깊이 감동했다.

그의 가슴은 번쩍이는 갑옷으로 덮여있고, 그의 아름다운 육신의 모든 부분들이 갑옷 속에서 움직였다. 그의 어깨 주변에는 자줏빛 외투가 걸쳐져 있고, 아무것도 쓰지 않은 머리 주변에는 갈색 머리카락이 곱실거리며 넘실거렸다. 따스한 햇살이 그의 우아한 얼굴과 잘 다듬어진 발을 비추었다. 그는 맨발로 뜨거운 모래 위를 침착하게 걷고 있지만, 그의 깊은 고통이 얼굴에 드러나 아름다운 인상을 망가뜨리고 있었다.

수다쟁이 노파는 그에게 끊임없이 말을 걸었지만, 젊은이는 단지 간단하게 대답할 뿐이었다. 그의 눈이 그토록 아름다웠지만, 그에게 헛되이 말거는 일에 지쳐버리고 말았다. 노파는 그에게 작별인사를 하며 말했다.

"그대는 너무 느리게 걷는군요. 나는 녹색 뱀을 지나 강을 넘어 아름다운 백합에게 내 남편의 멋진 선물을 전해주어야 하기에 시간을 허비할 수가 없습니다."

이 말을 하고 그녀는 발걸음을 재촉했다. 그러자 아름다운 젊은이도 서둘러 용기를 내어 그녀와 보조를 맞추며 달려왔다. 그리고 노파에게 소리쳤다.

"당신이 아름다운 백합에게로 간다고요! 그렇다면 우리는 같은 방향으로 가는군요. 당신이 가지고 가는 선물은 무엇인가요?"

"신사양반, 내가 물어본 것에 대해 당신이 그렇게 간단히 대답하고서, 그렇게 생글거리며 나의 비밀을 알아낼 수 있을 만큼 나도 쉬운 상대는 아니오. 만약 당신이 교환에 동의하여 당

괴테의 예술동화

신의 운명을 설명해 준다면, 나와 나의 선물에 대해 당신에게
숨기지 않고 말해주겠소."

그들은 의견의 일치를 보고, 노파는 젊은이에게 삽살개에
관한 이야기를 털어놓고, 자신의 놀라운 선물을 보여주었다.

그는 즉시 바구니에서 휴식을 취하는 듯한 천연의 예술작품
인 삽살개를 품에 부드럽게 끌어안았다. 그리고 외쳤다.

"행복한 동물이여! 백합의 손이 너를 어루만져 주고, 너는
그녀에 의해 소생되리라. 반면에 살아있는 생명체들은 슬픈
운명을 겪지 않도록 그녀에게서 도망을 가는구나. 그러나 나
는 슬프다고 말하련다. 그녀가 곁에 있음에도 아무런 감각도
느끼지 못하는 것이 훨씬 슬프고 불행한 것이다. 차라리 그녀
의 손에 죽는 편을 택하련다."

젊은이가 노파에게 말했다.

"나를 보세요. 나는 젊은 시절 무척 불행한 상태를 견뎌야만
했습니다. 내가 전쟁을 치르면서 영예롭게 입었던 이 갑옷, 관
직을 지혜롭게 수행했던 자줏빛 외투는 내게 가혹한 운명을
주었던 것입니다. 투구는 불필요한 짐 덩어리로, 자줏빛 외투

는 무의미한 장식품으로 변했습니다. 왕관, 왕홀 그리고 칼 따위는 사라졌습니다. 내게 남은 것은 이렇게 벌거벗고 곤궁함 뿐입니다. 지상의 어느 아들들보다 더 불행합니다. 백합의 아름다운 푸른 눈이 그토록 축복을 외면하며 모든 살아있는 존재로부터 힘을 빼앗고, 그녀의 손길로 어루만지면 죽지 않는 존재는 살아서 방랑하는 그림자의 상태로 변모합니다."

젊은이는 계속해서 한탄할 뿐, 노파가 궁금해 하는 것들에 대해서는 아무 말도 하지 않았다. 노파는 그의 마음속과 그가 걸치고 있는 것들에 대해 알고 싶었던 것이 아니었다. 노파는 젊은이 아버지의 이름과 왕국의 이름도 알아내지 못했다. 그는 뻣뻣해진 삽살개를 어루만지고 있었다. 삽살개는 마치 살아있기라도 하듯, 햇살과 자신의 따스한 가슴으로 덥혀주고 있었다. 젊은이는 등불을 든 남자에게 그 성스러운 빛의 능력에 대해 많은 것을 질문했다. 젊은이는 지금은 슬프지만 앞으로 좋은 일이 많이 있으리라 기대하는 것만 같았다.

이런 대화를 하는 중에 그들은 멀리 장엄한 궁형다리가 이쪽 기슭에서 저쪽으로 잇닿아, 태양빛 속에서 아름답게 빛을

발하는 것을 보았다. 두 사람은 경탄하였다. 그들은 다리가 그
토록 아름다운지 몰랐기 때문이었다. 젊은이(왕자)가 외쳤다.

"마치 벽옥과 녹석영으로 지은 듯한 다리가 우리 두 사람의
눈앞에 서 있으니 이 얼마나 아름다운 광경인가! 그 다리가 에
메랄드와 녹옥수, 감람석으로 우아하고 다양한 형태로 연결돼
나타나니 그 다리에 발을 디디는 것이 어찌 두렵지 아니한가!"

두 사람은 녹색 뱀에게 일어나고 있는 변화를 알아채지 못
했다. 녹색 뱀은 매일 정오에 강 너머까지 나무 그늘을 드리우
고 멋진 다리의 형태로 서있기 때문이었다. 여행객들은 경외
심을 지니고 발을 내딛고 조용히 건너갔었다.

그들이 강기슭 저편에 도착하자 다리가 요동치고 움직이기
시작하여, 곧 강의 표면에 닿아 푸른 뱀이 원래의 모습으로 육
지에 있는 여행객들을 향해 미끄러져 나아갔다. 두 사람은 녹
색 뱀의 등에 앉아 강을 건너는 것을 허락받고 그에게 감사했
다. 그리고 그 순간, 자신들 외에도 훨씬 많은 사람들이 그 무
리에 모여 있으리라는 것을 알아차렸다. 다만 그들을 자신들
의 눈으로 볼 수가 없었을 뿐이었다. 그들은 곁에서 뱀의 쉿쉿

하는 소리와 마찬가지로 녹색 뱀이 응답하는 소리를 들었다. 그들은 그 소리에 귀를 기울여 마침내 이렇게 알아들을 수 있었다.

한 쌍의 목소리가 말했다.

"우리는 이름을 감추고서야 겨우 아름다운 백합의 정원을 둘러보는군요. 그대들은 어둠이 내려앉을 무렵에 우리가 남들 앞에 나설 준비가 되면 완벽히 아름다운 백합에게 우리를 소개해 주세요. 거대한 호수의 가장자리에서 그대들은 우리와 만나게 될 것입니다."

녹색 뱀이 대답했다.

"그렇게 하지요."

쉿쉿거리는 소음은 공기 중에서 차츰 사라져갔다.

세 여행객들은 이제 누가 먼저 그 아름다운 백합 앞에 나설지를 의논하였다. 너무나 많은 사람들이 주변에 있어 그들이 예민한 고통을 견디어 내지 않는다면, 그들은 한 사람씩 오고 갈 수 있을 뿐이었기 때문이었다. 변해버린 개를 바구니에 담고 있는 노파가 가장 먼저 정원에 다가가서 후원자인 백합을

찾았다. 백합은 하프에 맞춰 노래를 부르고 있어 쉽사리 찾을
수 있었다. 사랑스러운 곡조는 고요한 호수의 표면에 동심원
을 만들었고, 나직한 한숨과도 같이 풀과 덤불을 움직이고 있
었다. 폐쇄된 녹색의 정원에서 백합은 다양한 나무들의 화려
한 무리들의 그림자 속에 앉아 있었고, 첫 눈에 노파의 눈과
귀 그리고 심장을 새롭게 사로잡았다. 노파는 몸을 떨면서 백
합에게 다가가 자신이 없는 동안 그녀가 더욱더 아름다워졌다
고 마음속으로 확신했다. 저 멀리에서부터 선한 노파는 아름
다운 백합에게 지극히 사랑스러운 인사와 칭찬을 보내며 소리
쳤다.

"당신을 보다니 참으로 행복합니다. 당신이 이곳에 있으므
로 당신 주변의 하늘이 얼마나 넓어졌는지! 당신의 무릎에 기
대있는 하프는 참으로 매력적이고, 당신의의 팔이 하프를 부
드럽게 감싸는 모습은 마치 당신의 가슴을 연모하는 듯하며,
당신의 가냘픈 손가락이 닿을 때면 그토록 부드럽게 울리는군
요. 당신을 차지할 수 있기에 참으로 복도 많은 젊은이입니다!

노파는 이렇게 말하면서 백합에게 가까이 다가갔다. 아름다

운 백합은 고개를 들어 올려다 보다 손을 내려뜨리며 대답했다.

"불행한 일을 당하여 슬픔에 빠져있는 나에게 분에 넘치는 칭찬을 하지 마세요. 그럴수록 나는 더욱 슬퍼집니다. 보세요, 나의 발밑에는 가여운 카나리아가 죽어 있습니다. 그렇지 않았다면 나의 노래를 아주 편안하게 따라 불렀을 텐데. 그 새는 나의 하프 위에 앉기를 즐겼고 나의 몸에 닿지 않도록 길들여졌었지요. 오늘 잠에서 깨어보니 고요한 아침의 노래가 울리고 내 작은 가수가 평소보다 더 즐겁게 자신의 조화로운 곡조를 들려주더군요. 그런데 한 마리 매가 내 머리위로 날아들었습니다. 가여운 작은 짐승은 너무나 놀라 내 가슴속으로 도망을 쳤지요. 그 순간 그의 생명이 꺼져가는 최후의 경련을 느꼈습니다. 나의 눈길에 적중되어 그 흉포한 짐승은 저기 물가에 실신하여 쓰러져 있지만, 그렇게 벌을 준다 한들 무슨 소용이 있나요, 나의 사랑은 이미 죽었는걸요. 그의 무덤은 내 정원의 슬픈 덤불을 무성하게 할 것입니다."

"기운을 내십시오. 아름다운 백합이여!!"

노파가 눈물을 훔치면서 외쳤다.

"당신의 불행한 애기에 눈물을 흘리지 않을 수 없군요. 그렇지만 정신을 차리세요! 나의 남편이 당신에게 전하라고 한 말이 있습니다. 그대는 슬픔을 가라앉혀야 합니다. 커다란 불행은 커다란 행운의 전조로 보아야 합니다. 왜냐하면 시간이 되었기 때문입니다."

노파는 말을 이어갔다.

"그리고 실제로 이 세상은 참으로 다양한 일이 일어납니다. 내 손이 얼마나 새까맣게 되었는지 한번 보세요. 사실 손은 벌써 상당히 작아졌습니다. 손이 완전히 사라지기 전에 서둘러야만 합니다. 내가 왜 그 도깨비불들을 위해 헌신해야 했나요, 그리고 내가 왜 그 거인을 만나야 했나요, 그리고 왜 내 손을 강물에 담가야 했던가요? 그대는 내게 양배추 하나, 엉겅퀴 하나, 양파 하나를 주실 수 있는지요? 그러면 내가 그것들을 강가로 가져가고, 내 손은 예전처럼 하얗게 될 것이고, 그러면 당신의 손과도 견줄 수 있을 겁니다."

"양배추와 양파는 당신도 찾을 수 있을 테지만, 엉겅퀴는 찾을 수 없을 것입니다. 나의 커다란 정원에 있는 모든 식물들은 꽃도 열매도 맺지 않습니다. 그렇지만 내가 꺾어 내 사랑의 무덤에 심어놓은 작은 가지는 곧바로 푸르러져 높이 싹이 솟았습니다. 이 모든 무리들, 이 덤불, 이 작은 숲들이 무럭무럭 자라는 것을 보는 것은 유감스러운 일입니다. 이 솔방울의 갓, 측백나무의 오벨리스크, 밤나무와 떡갈나무로 만든 거상(巨像). 모든 것이 작은 여행객들에 지나지 않고, 내 손의 슬픈 기념물로 척박한 토양에 심어졌습니다."

노파는 이 말에 별로 주의하지 않고 그녀의 손만을 바라보았다. 노파의 손은 아름다운 백합과 함께 있을 때 더욱 검어지고 점점 더 줄어드는 것만 같았다. 노파는 자신의 바구니를 들고 서둘러 그곳을 떠나려 했다. 그 때 뭔가 해야할 일을 잊고 있다는 것을 깨달았다. 그녀는 변해버린 삽살개를 바구니에서 꺼내어 백합으로부터 그리 멀지 않은 풀숲에 내려놓았다. 그리고 그녀는 말하였다.

"나의 남편이 그대에게 이 기념물을 보냈습니다. 당신도 아시다시피 당신은 이런 귀금속을 한번 어루만짐으로써 소생시킬 수 있습니다. 얌전하고 신실한 이 동물은 틀림없이 당신에게 많은 기쁨을 드릴 것이고, 오직 당신이 삽살개와 함께 있다고 생각하면 내가 삽살개를 잃어버렸다는 슬픔도 사라질 것 같습니다."

아름다운 백합은 얌전한 동물을 만족스럽게, 겉보기에는 놀란 듯한 표정으로 바라보았다.

백합이 말했다.

"내게 몇 가지 희망을 갖게 하는 많은 징조가 보이는군요. 아 아! 그러나 우리가 많은 불행을 겪은 후에 기쁨이 가까이 있다고 상상한다면 그것은 우리 본질의 광기에 불과하지 않을까요?"

내게 무슨 소용인가, 많은 좋은 징조가,
새의 죽음, 여자 친구의 검은 손?
보석으로 변한 삽살개는, 그와 같은 불행이 또 있을까?
등불이 삽살개를 내게 보내지 않았던가?
달콤한 인간의 향유를 내버리고
나는 비탄함에 마음을 맡겼다.

아! 사원은 왜 강가에 있지 아니한가,

아! 다리는 왜 지어지지 않았던가!

아름다운 백합이 하프에 맞춰 기분이 상쾌해지는 곡조로 다른 사람들을 매혹시켰다. 그 노랫소리를 듣고 착한 부인은 안전부절 못하였다. 그녀는 작별인사를 하려했으나, 녹색 뱀이 도착하여 또다시 머무르게 되었다. 녹색 뱀은 노래의 마지막 행을 듣고는 확신에 차 아름다운 백합에게 용기를 북돋아 주었다.

녹색 뱀은 힘차게 말했다.

"다리의 예언은 실현되었습니다! 이 착한 여인에게 물어보시오, 지금 아치가 얼마나 훌륭하게 빛나는지를. 불투명한 벽옥, 단지 녹석영에 지나지 않았던 것이 그 빛으로 인해 가장자리가 가장 아름답게 빛나서 이제 투명한 보석이 되었습니다. 그 어떤 녹주옥도 그토록 투명하고, 어떤 에메랄드도 그토록 아름다운 색채를 지닐 수는 없습니다."

백합이 말하였다.

"그대에게 행운을 빕니다. 단지 그 예언이 이루어졌다고 내가 믿지 않는다 해도 나를 용서해주세요. 그대의 다리의 높은 아치 위로는 단지 보행자만이 지나갔지요. 우리에게 약속하셨습니다. 모든 종류의 말과 마차 그리고 여행자들이 같은 시각에 다리 위를 이리 저리 여행해야 한다고 말입니다. 강물에서 솟아오를 거대한 기둥들이 그렇게 예언하지 않았나요?"

언제나 눈길을 손위에 주고 이야기를 하던 노파는 여기서 대화를 중단하고 작별을 고하였다. 아름다운 백합이 말했다.

"잠깐만 기다려주세요. 나의 가여운 카나리아를 함께 들어주세요. 등불을 부탁합니다. 그것이 새를 아름다운 황옥으로 변화시킬 것이고, 내가 만지면 그 새는 소생할 것입니다. 그리고 당신의 착한 삽살개는 나의 가장 훌륭한 소일거리가 되겠군요. 그렇지만 가능한 한 서둘러 주세요. 해가 지면 그 가여운 동물은 심하게 부패하여, 영원히 그의 아름다운 모습은 훼손되어 버릴 테니까요."

노파는 작은 시신을 부드러운 바구니 안의 잎사귀 사이에 놓고, 서둘러 자리를 비켜주었다.

녹색 뱀이 중단되었던 대화를 이어서 말했다.

"이 일이 어떻게 되든지 간에, 사원은 지어져 있습니다."

백합이 대답했다.

"그렇지만 사원은 강가에 세워지지 않았습니다."

녹색 뱀이 말했다.

"땅속 깊은 곳에서 휴식을 취하고 있습니다. 내가 왕을 만나서 이야기를 나누었습니다."

백합이 물었다.

"그렇다면 언제 세워진다는 말입니까?"

녹색 뱀은 대답하였다.

"나는 사원에서 위대한 말씀이 울리는 것을 들었습니다. 시간이 되었다고."

편안하고 명쾌한 표정이 백합의 얼굴 위로 퍼져 나갔다. 백합이 말했다.

"나는 그 행복한 말씀을 오늘 벌써 두 번째 듣습니다. 날이 밝으면 세 번을 듣게 될까요?"

백합은 일어섰다. 그러자 곧바로 한 매력적인 소녀가 덤불

괴테의 예술동화

에서 걸어 나와 백합으로부터 하프를 건네받았다. 다른 소녀
가 뒤를 따랐고, 그녀는 백합이 앉아 있었던, 상아가 조각되어
있는 야외의자를 접고, 은으로 된 베개를 어깨 밑에 들고 있었
다. 세 번째 소녀는 커다란 진주가 수놓아진 양산을 들고 백합
이 산책하는 동안 혹시나 자신들이 도울 일이 있는지 준비하
고 있었다. 이 세 명의 소녀들은 말로 표현할 수 없을 만큼 아
름답고 매력적이었다. 그렇지만 그들은 오로지 백합의 아름다
움만을 칭송하였고, 그들은 백합과는 전혀 비교조차 할 수 없
다고 고백했다.

　　그러는 동안 아름다운 백합은 기분이 좋아져서 그 놀라운
삽살개를 살폈다. 그녀는 고개를 숙여 삽살개를 어루만졌다.
그 순간 삽살개가 펄쩍 뛰어오른다. 삽살개는 씩씩하게 주변
을 둘러보고 이리저리 달려보더니, 마지막으로 자신을 살려준
사람에게 재빨리 달려가 무척 친근하게 인사했다.

　　백합은 삽살개를 팔에 안고 꼭 껴안으며, 소리쳤다.

　　"너의 몸은 너무도 차갑구나. 단지 절반의 생명만 불어 넣었
음에도, 네가 반기는구나. 너를 다정하게 사랑하리라, 너와 친

근하게 장난을 치고, 부드럽게 쓰다듬고 그리고 너를 내 가슴에 안으련다."

백합은 삽살개를 놓아주고, 멀리 보내고는 다시 삽살개를 불렀다. 백합은 기분이 좋아져 천진스럽게 삽살개와 함께 풀밭 위를 뛰어다녀서 장난을 쳤다. 조금 전에는 그들의 슬픔이 모든 사람들에게 동정심을 불러일으켰던 것만큼, 사람들은 이제 새로이 감격에 젖어 그들이 기뻐하는 모습을 지켜보며 함께 즐거워했다.

이 유쾌하고 우아한 장난은 서글픈 젊은이가 도착하면서 중단되었다. 우리가 이미 알고 있는 그 모습대로 안으로 들어왔다. 다만 한낮의 더위가 그를 더욱 여위게 만든 것 같았다.

사랑스러운 연인과 함께 있음으로 그는 순간순간 창백해졌다. 젊은이는 손에 매를 들고 있었다. 매는 비둘기처럼 조용히 앉아 날개를 떨어뜨리고 있었다. 백합이 소리쳤다.

"당신이 그 보기 싫은 짐승을 내 눈앞에 데리고 오다니, 참을 수 없군요. 그 흉물, 그 매가 오늘 나의 작은 가수 카나리아를 죽였습니다."

젊은이가 대답했다.

"그 불행한 새를 너무 꾸짖지 마십시오! 차라리 당신과 운명을 한탄하십시오. 그리고 내 불행의 동반자와 인사 나누도록 허락해 주십시오."

삽살개는 백합에게 장난을 멈추지 않았다. 그녀는 무척 친근한 태도로 그 투명한 연인을 대해 주었다. 백합은 손뼉을 쳐서 삽살개를 물리치고는 이내 달려가서 삽살개를 다시 자신에게 끌어당겼다. 삽살개가 도망가면 백합은 그를 쫓아가 잡고, 그녀에게 치근거리면 그를 물리쳤다. 그것을 말없이 서서 지켜보는 동안 젊은이는 점점 더 짜증이 났다. 그녀가 너무 끔찍하고 흉측한 동물을 팔에 안고, 그녀의 하얀 가슴에 껴안고 검은 주둥이에 그녀의 천사 같은 입술로 입맞춤하였을 때, 마침내 젊은이의 인내는 폭발하여, 완전히 절망하여 소리쳤다.

"나는 슬픈 운명으로 인해 영원히 그대로부터 격리된 현실 속에서 살아 왔습니다. 그대로 인해 모든 것을, 심지어 나 자신조차 잃어버렸습니다. 그런 내가 내 눈앞에서 저런 흉측한 괴물 따위에 그대가 기뻐하고, 그대의 사랑을 독차지하고, 그대의 포옹을 즐기는 것을 지켜보고 있어야만 합니까! 얼마나 더 오랫동안 내가 방황하고, 그 슬픈 운명인 강물을 이리저리 건너다니며 고작 강이 얼마나 깊은지. 얼마나 넓은지 측량하고 있어야만 합니까? 그럴 수는 없소! 내 가슴에는 옛 영웅의 기상의 불꽃이 깃들어 있습니다. 그것은 이 순간 최후의 불꽃으로 타오를 것입니다! 만약 그대 가슴에 안겨 쉴 수 있다면, 나는 돌이 되리라. 만약 그대의 어루만짐이 죽음에 이르게 하면, 그대의 손에 죽음을 택하겠소."

젊은이는 말을 마치고 격렬하게 몸을 떨었다. 매는 그의 손에서 날아올라 백합에게로 돌진하였다. 그녀는 손을 뻗어 매를 제지하려 하였으나, 그럴수록 더 일찍 그를 만지게 될 뿐이었다. 매는 의식을 잃었고, 그녀는 가슴에 묵직함을 느끼고는 대경실색하였다. 백합은 한마디 외침을 지르고 뒤로 물러섰다. 그리고 고귀한 젊은이는 혼이 나간 채 그녀의 팔에서 땅으로 떨어졌다.

불행한 일이 일어난 것이다! 사랑스러운 백합은 움직이지 못하고 온 몸이 굳어 혼이 나간 젊은이의 시신을 바라보고 있었다. 심장이 멎은 것 같았고, 그녀의 눈에는 눈물조차 흐르지 않았다. 삽살개는 그녀가 친절한 몸짓을 해주기를 바랐지만 헛된 일이었다. 그녀의 연인과 함께 온 세상이 죽어버렸다. 그녀는 말없이 체념한 채 주위를 둘러볼 뿐 도움을 청하는 행동 따위는 하지 않았다. 그 어떤 것도 도움이 되지 않으리라는 것을 알았기 때문이었다.

그 반면에 녹색 뱀은 점점 생기를 띠어 갔다. 녹색 뱀은 자기가 살았는지를 생각하는 것 같았다. 실제로 녹색 뱀의 놀라운 소생은 적어도 다음에 일어날 끔찍한 불행의 결과를 잠깐 동안이라도 완화시켜 주는 역할은 했다. 녹색 뱀은 자신의 유연한 몸으로 그 시신 주변에 널찍한 원을 만들어 자신의 꼬리를 이빨로 문 채 조용히 누워있었다.

얼마 후 백합의 아름다운 하녀들 가운데 한명이 상아로 된 야외의자를 앞으로 가지고 와서 친근한 몸짓으로 백합에게 앉도록 하였다. 뒤를 이어 불꽃같은 색의 베일을 들고 와서 여주인의 머리를 덮어 치장해 주었다. 세 번째 하녀는 그녀에게 하프를 건네주었고, 그녀가 그 멋진 악기를 받아들자마자 현으로부터는 곡조가 흘러나왔다. 그 때 첫 번째 하녀가 밝고 둥그런 거울을 지니고 돌아와서 미인의 맞은편에 세워, 그녀의 눈길을 사로잡았다. 거울 속에 비춘 모습은 자연에서 찾아볼 수 있는 가장 그윽한 모습이었다. 고통은 그녀의 아름다움을, 베일은 그녀의 매력을, 하프는 그녀의 우미함을 돋보이게 했다., 사람들은 그녀의 슬픈 기분이 변하는 것을 보고자 하였고, 그녀의 모습을 영원히 지금 그대로의 모습으로 간직할 수 있기를 바랐다.

말없이 거울을 바라보던 백합은 하프의 현으로 감미로운 곡조를 연주하였으며, 그럴수록 그녀의 고통은 커져가는 것 같았다. 현은 그녀의 고통에 광포하게 응답하였다. 몇 번 입을 열어 그녀는 노래를 부르려 하였으나, 목소리가 나오지 않았다. 그렇지만 이내 그녀는 그녀의 고통을 눈물로 승화시켰다. 두 소녀가 그녀를 팔로 부축하여 주었다. 하프는 그녀의 무릎에서 떨어졌고, 손이 빠른 하녀가 그 악기를 붙들고 한쪽에 치워놓았다.

"해가 지기 전에, 누가 등불을 든 저 남자를 맞아 들일건가

괴테의 예술동화

요?"

녹색 뱀이 나직하게 그러나 또렷하게 속삭였다. 소녀들은 서로를 쳐다보았고, 백합의 눈물은 점점 더 많이 흘러내렸다. 그 순간 바구니를 든 노파가 숨도 쉬지 않고 되돌아와서 소리를 질렀다.

"나는 망했어요. 모양이 흉하게 되어버렸어요! 보세요. 내 손이 거의 다 사라져 버렸습니다! 뱃사공도 거인도 나를 강 너머로 건네주려 하지 않았어요. 내가 여전히 강에 빚을 지고 있다는 이유 때문입니다. 나는 양배추와 양파 백 개를 각각 제시했지만, 헛일이었습니다. 그들은 결코 세 개 이상 원하지 않았고, 이 근방 어디에서도 엉겅퀴는 찾을 길이 없었습니다."

녹색 뱀이 말했다.

"그대의 어려움을 잊어버리세요. 그리고 우리를 도와 주세요. 아마 그대도 함께 도움을 받을 수 있을 겁니다. 가능하면 서둘러 도깨비불들을 찾으세요! 그들을 찾기에는 아직 너무 밝습니다. 그렇지만 어쩌면 여러분은 도깨비불들이 웃고 펄럭거리는 소리를 들을 수 있을 겁니다. 만약 도깨비불들이 서두

르면, 거인이 도깨비불들을 강 너머로 옮겨줄 것입니다. 그들은 등불을 든 남자를 찾으러 갈 수 있을 것입니다."

여인은 가능한 한 서둘렀다. 백합이 두 사람이 귀환하기를 기대하는 만큼 녹색 뱀도 초조한 듯했다. 유감스럽게도 태양의 석양빛은 덤불의 가장 높은 나무 꼭대기만을 황금빛으로 물들였고, 기다란 그림자가 호수와 초원 위로 늘어졌다. 녹색 뱀은 초조하여 이리저리 움직였고, 백합은 하염없이 눈물을 흘렸다.

녹색 뱀은 어려움을 느끼고는 사방을 둘러보았다. 녹색 뱀은 해가 지는 그 순간을, 그 마법의 원 안에서 시신들이 썩기 시작하는 순간을, 아름다운 젊은이가 붙잡을 겨를도 없이 추락하는 그 순간이 두려웠다. 녹색 뱀은 마침내 하늘 높이 심홍색의 깃털을 지닌 매를 보았고, 매의 가슴은 햇볕의 마지막 빛을 쬐고 있었다. 녹색 뱀은 그 좋은 징조에 기뻐 몸을 떨었으며, 미혹되지는 않았다. 곧바로 사람들은 등불을 든 남자가 마치 눈썰매를 타는 것처럼 호수 위를 미끄러져 오는 것을 보았기 때문이다.

괴테의 예술동화

녹색 뱀은 위치를 바꾸지 않았지만, 백합은 일어서서 그에게 외쳤다.

"어떤 선한 정신이 그토록 당신을 갈망하고 그토록 당신을 필요로 하는 이 순간 그대를 보냈나요?

등불을 든 노인이 대답했다.

"내 등불의 정신이 나를 부추겼고, 매가 나를 이리로 인도하였습니다. 사람들이 나를 필요로 할 때면 그가 신호를 보내고, 나는 단지 하늘로 시선을 돌려 그 표시를 찾아봅니다. 새 나별똥 가운데 그 하나가 내게 하늘의 어느 지역을 가리켜 주어, 내가 어디로 가야 하는지를 알려줍니다. 침착하시오, 아름다운 여인이여! 내가 도움을 줄 수 있을지는 나도 모릅니다. 도움을 주는 것은 어느 누구 한 사람이 아닌 적절한 시간에 많은 이들과 합일을 이루는 사람입니다. 기다립시다. 그리고 소망합시다. 그대의 원을 닫아두시오."

노인은 녹색 뱀에게 몸을 돌렸다. 언덕 위에 있는 녹색 뱀의 곁에 앉아 죽은 새에게 등불을 비추면서 말을 계속했다.

"그 얌전한 카나리아를 이리로 가지고 와서 원 안에 놓으세요!"

시녀들은 바구니에서 노파가 세워놓았던 그 작은 시신을 꺼내 등불을 든 남자의 말대로 했다.

그러는 동안 해는 졌고, 어둠이 깔리기 시작했다. 녹색 뱀과 남자의 등불이 나름대로 빛을 내기 시작하였고, 백합의 베일 역시 희미한 빛을 발산했다. 그 빛은 부드러운 아침 햇살처럼 그녀의 창백한 뺨과 하얀 의상을 무한히 우아하게 물들였다. 사람들은 말없이 지켜보면서 서로를 바라보았다. 근심과 슬픔은 확실한 희망을 가짐으로써 한결 줄어들었다.

그리하여 노파는 활활 타오르는 두 도깨비불꽃과 어울리면서 한결 마음이 편안해졌다. 그 불꽃들은 다시 아주 약해진 걸로 미루어, 그 이후 아주 많이 사용되었음에 틀림없었다. 그렇지만 이제는 백합(공주)과 시녀들에 대해 그만큼 더 상냥하게 대해 주었다. 그들은 상당히 확신에 차서 이런 저런 일상적인 사건들을 이야기하였으며, 특히 백합과 시녀들이 쓰고 있던 빛나는 베일이 보여 주는 매력에 대단히 예민하게 반응했다. 시녀들은 겸손하게 눈을 내리깔았었으며, 그녀들의 아름

괴테의 예술동화

다움을 칭송하는 소리에 그들은 진실로 아름다워졌다. 노파를 제외하고는 모든 사람들이 만족하고 침착해졌다. 노파가 그의 등불을 쪼이는 동안에는 그녀의 손이 더 이상 줄어들지 않을 거라고 남편이 말해주었다. 그럼에도 불구하고 그녀는 이런 식으로 지속되면, 자정이 되기도 전에 자신의 고귀한 손이 완전히 사라지게 되리라고 거듭 말했다.

등불을 든 노인은 도깨비불들이 나누는 대화를 주의 깊게 듣고는 백합이 이 여흥으로 인해 슬픔에서 벗어나 다소나마 명랑해졌다는 것에 만족하였다. 이윽고 자정이 되었고, 사람들은 뭐가 뭔지 아직은 알지 못했다. 노인은 별을 쳐다보고 말하기 시작했다.

"우리들이 이 시간에 함께 모여 있는 것은 행운이요. 모두가 자신의 직무를 수행하고, 모두가 자신의 의무를 다 하시오. 모든 이의 불행이 개개인의 기쁨을 갉아 먹었듯이 모든 이의 행복이 자신의 마음속에서 개개인의 고통을 사라지게 할 것이오."

이 말을 마치자마자 주위가 소란스러워졌다. 그 자리에 있는 모든 사람들이 자신에 대해 이야기하고, 그들이 무엇을 했어야 했는지에 대해 큰소리로 떠들었기 때문이다. 오직 세 명의 소녀들만이 침묵을 지키고 있었다. 한 시녀는 하프 곁에서, 다른 소녀는 양산 곁에서, 세 번째 소녀는 안락의자 곁에서 잠들어 있었다. 이미 늦은 시간이었기 때문에, 누구도 그 시녀들을 탓하지 않았다. 도깨비불들은 형식적으로 몇 번 시녀들에게 친절하게 말을 건넨 후 마지막으로 백합에게 지상에 존재하는 것 중에서 가장 아름답다고 찬사를 보냈다.

등불을 든 노인이 매에게 말했다.

"거울을 잡아라. 그리고 첫 번째 햇볕으로 잠자고 있는 시녀들을 비추어서 하늘로부터 반사되는 빛으로 시녀들을 잠에서 깨워라."

녹색 뱀은 이제 스스로 움직이기 시작하여, 원을 풀고 천천히 꿈틀거리며 강가를 향해 움직여 나갔다. 그 뒤를 두개의 도깨비불이 환호하며 따랐다. 사람들은 그 도깨비불들을 진정한 불꽃이라고 여길 뻔했다. 노파와 그녀의 남편은 바구니를 붙잡았다. 바구니에서 나오는 희미한 빛을 지금껏 누구도 알아차리지 못했다. 그들은 양쪽에서 바구니를 잡아당기자 바구

괴테의 예술동화

니는 점점 더 커지고 빛이 났다. 그들은 젊은이의 시체를 들어 올려 바구니에 넣고, 젊은이의 가슴 위에 카나리아를 올려놓았다. 바구니는 공중에 떠올라 노인의 머리 위에서 둥실거렸다. 그리고 노파는 도깨비불들의 뒤를 쫓았다. 아름다운 백합은 삽살개를 팔에 안고 노파의 뒤를 따랐고, 등불을 든 남자는 그 일행의 마지막을 장식하였으며, 그 주위는 여러 가지 불빛들로 기묘하게 반짝였다.

그들이 강가에 도착했을 때, 강물 위로 멋들어진 아치가 있었다. 녹색 뱀은 그들에게 번쩍이는 길을 마련해 주었다. 그들은 놀라면서도 고마워했다. 사람들이 낮에 다리를 짜 맞추는 것처럼 보이는 투명한 보석에 놀랐다면, 밤에는 그 다리의 장엄함에, 빛에 경탄했다. 위쪽으로 밝은 원이 어두운 하늘가에 날카로운 경계선을 이루는 반면 아래쪽으로는 생동하는 광선이 그 중앙을 향해 꿈틀거리며, 그 건물이 여유로우면서도 튼튼하다는 사실을 보여주었다. 행렬은 천천히 강을 지나갔고, 멀리 자신의 오두막에서 내다보던 뱃사공은 번쩍이는 원과 그 위로 지나다니는 특별한 불빛을 보고 감탄을 금치 못하였다.

동화

그들이 반대편 기슭에 도착하자마자 아치가 흔들리고 파도처럼 물가에 다가가기 시작했다. 녹색 뱀은 그 후 바로 뭍으로 내려왔다. 바구니를 지상에 내려왔고 녹색 뱀이 새로이 주변에 원을 만들었다. 등불을 든 노인이 녹색 뱀 앞에 서서 허리를 굽혀 물었다.

"너는 무엇을 결정하였느냐?"

녹색 뱀이 대답했다.

"내가 희생되기 전에 내 자신을 희생하기로 결정했습니다. 내게 약속해 주시오. 어떤 돌도 강가에 놓아두지 않을 거라고."

노인은 약속하고 이어서 아름다운 백합에게 말하였다.

"녹색 뱀을 그대의 왼손으로, 그대의 연인을 오른손으로 어루만지시오."

백합은 무릎을 꿇고 녹색 뱀과 연인의 시신을 어루만졌다. 그 순간 시신의 생명이 돌아오는 듯했다. 연인은 바구니 속에서 꿈틀거리더니, 똑바로 일어서서 앉았다. 백합이 그를 안으려 하였으나, 노인이 백합을 제지했다. 노인은 젊은이가 일어서도록 도와주고, 그가 바구니와 원 밖으로 나오도록 안내해

괴테의 예술동화

주었다.

 젊은이는 일어섰고, 카나리아는 젊은이의 어깨 위에서 날
개를 퍼덕였다. 둘 다 다시 생명을 얻은 것이다. 그러나 정신
은 아직 돌아오지 않았다. 아름다운 연인은 눈을 떴으나 보려
하지 않았다. 젊은이는 모든 것을 초점 없이 바라보는 것만 같
았다. 이러한 기적 같은 일들에 대해 경탄이 사그라질 무렵,
사람들은 녹색 뱀이 얼마나 훌륭하게 변신하였는지 지켜보았
다. 녹색 뱀의 아름답고 날렵한 몸은 수천의 빛나는 보석으로
변해 떨어졌다. 자신의 바구니를 집으려 했던 노파가 부주의
하게 그와 부딪쳤다. 사람들이 본 것은 단지 뱀의 형상이었고,
풀밭에는 아름답게 빛나는 보석으로 된 원만이 놓여있었다.

 등불을 든 노인은 즉시 그 돌들을 바구니에 넣기 위해 사람
들을 불러 모았고, 그의 부인이 그를 도와주었다. 그러고 나서
두 사람은 바구니를 강가의 솟아오른 언덕으로 옮겼다. 그 중
에서 보석을 애써 찾아주었던 백합과 노파의 반대를 무릅쓰고
노인은 쌓여 있는 모든 것을 강물에 흩뿌렸다. 돌들은 빛나고
번쩍이는 별처럼 파도를 타고 저 멀리 사라졌다. 사람들은 그

것들이 저 멀리 사라졌는지 물속으로 가라앉았는지 구별할 수가 없었다.

노인이 공손하게 도깨비불에게 말하였다.

"신사여러분, 이제 내가 그대들에게 길을 알려주고 문을 열어드리겠습니다. 그렇지만 그대들도 많은 수고를 해주셔야 합니다. 만약 그대들이 우리에게 성지로 들어가는 문을 열어주면, 이번에는 우리가 그 문을 통해 들어가겠습니다. 그 문은 그대들을 제외하고는 누구도 열수가 없습니다."

도깨비불은 공손하게 인사를 하고 뒤로 물러갔다. 노인은 등불을 들고 먼저 자신 앞에 열려있는 바위 안으로 나아갔다. 그 뒤를 젊은이가 거의 자동적으로 따랐다. 백합은 확신을 갖지 못하여 약간의 거리를 두고 말없이 그의 뒤를 따랐다. 노파는 그 자리에 머물러 있고 싶지 않았다. 팔을 쭉 뻗자 남편이 든 등불이 그녀를 비춰 주었다. 도깨비불이 행렬을 인도하였고, 불꽃의 끝부분이 서로 가까이 접근하여 얘기를 주고받는 것처럼 모였다.

그다지 멀리 가지 않아, 행렬은 거대한 철문 앞에 이르렀다.

주랑 부분은 황금의 자물쇠로 잠겨 있었다. 노인은 즉시 도깨비불을 오게 하였고, 그들은 서둘러 그들의 날카로운 불꽃의 힘으로 열쇠와 자물쇠를 녹여버렸다.

청동문이 갑자기 열리면서 커다란 소리가 울려 퍼졌다. 성지에는 왕들의 값진 조상들이 열린 문으로 새어 들어온 빛에 번쩍이며 서 있었다. 모든 사람은 신성한 군주 앞에 고개를 조아리고, 특히 도깨비불들은 몸이 휘어지도록 인사를 했다.

잠시 후 황금으로 된 왕이 물었다.

"그대들은 어디서 오는 길인가?"

"세상에서 왔습니다."

노인이 대답했다.

은으로 된 왕이 물었다.

"그대들은 어디로 가는 길인가?"

노인이 대답했다.

"세상으로 갑니다."

동으로 된 왕이 물었다.

"그대들은 우리에게 무엇을 바라는가?"

노인이 말했다.

"당신들을 따르고자 합니다."

혼합된 왕이 말을 하려고 하였을 때, 금으로 된 왕이 가까이 다가온 도깨비불에게 말하였다.

"그대들은 멀리 떨어지도록 하라. 나의 금은 그대들의 입맛을 위한 것이 아니다."

그들은 몸을 돌려 은으로 된 왕에게 가 허리를 숙였다. 그의 옷은 황금색 빛이 반사되어 아름답게 빛나고 있었다. 그가 말했다.

"그대들을 환영하노라, 하지만 나는 그대들을 부양할 수가 없다. 바깥세상으로 나가 내게 그대들의 빛을 가지고 오라."

그들은 그에게서 떨어져 그들을 전혀 알아차리지 못한 듯한 철로 된 왕을 지나쳐 혼합된 왕에게로 나아갔다.

혼합된 왕이 떨리는 목소리로 소리쳤다.

"누가 이 세상을 지배하는가?"

노인이 대답했다.

"자신의 발로 서는 자입니다."

괴테의 예술동화

혼합된 왕이 말했다.

"그것은 바로 나다."

노인이 대답했다.

"차차 알게 되겠지요, 시간이 되었기 때문입니다."

아름다운 백합이 노인의 목을 껴안고 진심으로 그에게 키스를 하며 말하였다.

"성스러운 아버지시여, 골백번 그대에게 감사드립니다. 나는 그 예언의 말을 세 번째 듣습니다."

말을 다 끝내기도 전에 그녀는 노인을 더욱 힘껏 안았다. 왜냐하면 바닥이 흔들리기 시작했기 때문이다. 노파와 젊은이도 서로 꼭 붙들고 있었다. 단지 이리저리 공중에서 움직이는 도깨비불은 아무것도 알아차리지 못했다.

닻이 풀린 후에 항구에서 서서히 멀어지는 배처럼 사원 전체가 움직인다는 것을 모두가 느낄 수가 있었다. 사원이 그곳을 뚫고 나아갈 때, 대지의 심연이 그 앞에 열린 듯했다. 어느 것에도 부딪치지 않았고, 가는 길에는 어떠한 장애물도 놓여 있지 않다.

잠시 동안 하늘의 천장이 열려서 가느다란 빗줄기가 흩뿌리는 것 같았다. 노인은 아름다운 백합을 더 힘차게 잡으며 말했다.

"우리는 강의 밑에 있고 곧 목적지에 도달할 것입니다."

그들은 잠시 동안 멈춰 서 있다고 믿었으나, 착각이었다. 사원은 앞으로 움직이고 있었던 것이다.

그들의 머리 위에서 알지 못할 울부짖는 소리가 들려왔다. 널빤지와 대들보가 기묘하게 연결되어 하늘의 천장이 열려 기묘한 소음을 내며 안으로 밀려들어오기 시작했다. 백합과 노파는 뛰어 한편으로 비켜서고, 등불을 든 노인은 젊은이를 붙들고 서 있었다. 뱃사공의 작은 오두막은 바닥과 분리되어 사원이 상승할 때 자신에게 받아들였고, 이제 점차 아래로 가라앉으며, 젊은이와 노인을 덮어버렸다.

여인네들은 커다랗게 소리를 질렀고, 사원은 예기치 못하게 육지와 부딪친 배처럼 흔들렸다. 여인들은 여명 속에서 근심 어린 눈길로 오두막 주변을 서성거렸다. 문은 잠겨있었고, 아무도 오두막을 두드리는 소리를 듣지 못했다. 그들은 더 격렬하게 두드렸고, 나무가 울리기 시작하였을 때는 적잖이 놀랐다. 숨겨진 등불의 힘으로 오두막은 안에서부터 은으로 변해 갔다. 오래 지나지 않아 오두막은 형태마저 바뀌었다. 귀금속 들이 널빤지, 기둥 그리고 대들보와 같은 아무렇게나 만들어 진 형태가 섬세한 노력을 기울인 훌륭한 건물로 바뀌었다. 이 제 그 중앙에 작으면서도 훌륭한 사원이 서 있고, 그것은 커다 란 사원 이상의, 제단 이상의 의미를 지니게 되었다.

안에서 올라가는 계단을 통해 이제 그 고귀한 젊은이가 공 중에 발을 디뎠다. 등불을 든 남자가 그를 비춰주었고, 다른 사람이 하얗고 짧은 의복을 입고 나타나 손에는 은으로 된 노 를 들고, 밑에서 그를 떠받쳐주는 것 같았다. 사람들은 그가 지금은 변해버린 오두막에서 살았던 뱃사공임을 즉시 알아차 렸다.

아름다운 백합은 사원에서 제단으로 이르는 바깥 계단을 따 라 올라갔다. 그렇지만 여전히 그녀는 여전히 자신의 연인과 떨어져 있어야만 했었다. 등불이 감추고 있는 노파의 점점 작 아지는 손을 비추자, 노파가 소리쳤다.

"나는 아직도 불행해야 합니까? 기적이 그렇게 많이 일어나

동화

는데도 내 손을 치유할 기적은 일어나지 않는 겁니까?"

그녀의 남편이 열려있는 문을 가리키며 말하였다.

"보십시오, 해가 떠오르거든 서둘러 강물에서 몸을 씻으시오."

그녀는 소리쳤다.

"고마운 충고로군요! 나의 손은 완전히 검어져 전부 사라지는 모양입니다. 내가 지은 죄를 아직도 다 갚지 못했다는 말이군요!"

노인이 말했다.

"자, 나를 따라오시오. 모든 죄는 사해졌습니다."

노파는 서둘러 사라졌다. 그 순간 떠오르는 햇살이 천장의 화환 쪽에 모습을 드러냈고, 노인은 젊은이와 백합(처녀) 사이로 걸어가 큰소리로 외쳤다.

"지상에서 주재하는 이는 세 분이 계십니다. 지혜와 빛의 세계 그리고 힘의 세계, 그것입니다."

첫 번째 단어에서 황금으로 된 왕이, 두 번째 단어에서는 은으로 된 왕이 그리고 세 번째는 동으로 된 왕이 서서히 몸을 일으켰으며, 혼합된 왕은 갑자기 기괴한 모양으로 주저앉았다.

그것을 본 사람은 장엄한 순간임에도 터져 나오는 웃음을 참기가 어려웠다. 왜냐하면 그는 앉지도, 눕지도, 기대지도 않고 우스꽝스럽게 무너져 있었기 때문이다.

여태까지 그와 함께 해왔던 도깨비불들이 한편으로 물러났다. 그들은 아침의 여명에 희미하나마 다시 기운을 차리고 불꽃을 살랐다. 그들은 뾰족한 혀로 노련하게 그 거대한 상의 황금 핏줄을 가장 깊숙한 곳까지 핥았다. 그로 인해 생겨나는 불규칙한 빈 공간들은 잠시 동안 열린 상태로 있었고, 그 형태는 그들의 옛 모습을 유지하고 있었다. 그렇지만 마지막으로 가장 부드러운 실핏줄이 소실되었을 때, 그 형상은 갑자기 허물어졌다. 유감스럽지만 그곳은 인간이 앉는다면 머무르게 될 바로 그 자리였다. 그에 반해 휘어져야만 하는 관절은 뻣뻣한 채로였다. 그래서 웃을 수 없는 사람은 눈길을 다른 곳으로 돌려야 한다. 제대로 된 형태도 아니고 그냥 덩어리도 아닌 어중간한 물건은 쳐다보기에도 역겨웠다.

등불을 든 남자는 이제 아름답지만 여전히 경색되어 그저 앞만 바라보고 있는 젊은이를 제단으로부터 데리고 와서 동으로 된 왕에게 인도하였다. 그 강력한 군주의 발밑에는 한 자루 검이 동으로 만든 칼집에 든 채 놓여있었다. 젊은이는 허리띠를 차고 있었다.

동으로 된 왕이 힘차게 소리쳤다.

"검은 왼손에 들고, 오른손은 자유롭게 하라!"

그리고 나서 그들은 은으로 된 왕에게 나아갔고, 왕은 그의 왕홀을 그 젊은이에게 기울여주었다. 젊은이가 그것을 왼손으로 움켜잡자, 왕이 만족한 듯한 음성으로 말했다.

"양 떼들에게 풀을 뜯어 먹게 하라."

그들이 금으로 된 왕에게 왔을 때 왕은 아버지와도 같이 축복을 내리는 몸짓으로 젊은이에게 떡갈나무화환을 머리에 씌어주며 말하였다.

"지고(至高)의 것을 인식하라!"

노인은 이러한 일이 벌어지는 동안 그 젊은이를 자세히 관찰하였다. 칼을 허리에 차자 젊은이의 가슴이 부풀어 올랐으며, 그의 양팔이 움직이고, 그의 두 다리는 굳건히 발걸음을 내디뎠다. 그가 왕홀을 잡았을 때 그 힘은 완화되는 것 같았고, 말로 표현

괴테의 예술동화

할 수 없는 매력으로 훨씬 더 강력해진 것 같았다. 떡갈나무 왕
관이 그의 금발머리를 장식하였을 때는 그의 얼굴 윤곽은 생기
가 돌았고, 그의 눈은 말로 표현할 수 없는 정신으로 번득였고,
그의 입에서 나온 최초의 말은 '백합'이었다.

그는 은으로 된 계단을 뛰어 오르며 그녀에게 서둘러 다가
가며 소리쳤다.

"사랑스러운 백합이여!"

그녀는 제단의 성벽에서 그의 행동을 줄곧 지켜보고 있었다.

"사랑스러운 백합이여! 모든 것을 갖춘 남자가 티 없는 순결
한 그대의 가슴에 안기고 싶은 충동 이외에 더 바랄 것이 있겠
는가?"

그는 노인에게 몸을 돌려 세 개의 성스러운 조상을 바라보
며, 말을 계속하였다.

"오, 나의 친구여! 우리들의 아버지가 다스리는 제국은 훌륭
하고 안전하다. 그렇지만 그대는 네 번째 힘을 빠뜨렸구나. 그
것은 더 일찍이, 더 보편적으로, 더 확실하게 이 세상을 다스
렸던 것이다. 바로 사랑의 힘이다."

이 말을 하고 그는 아름다운 백합의 목을 껴안았다. 백합은 베일을 벗어던졌다. 그러자 그녀의 뺨은 지상에서 가장 아름답고 영롱한 홍조로 물들었다.

그 때 노인이 웃으면서 말했다.

"사랑은 지배하지 않습니다. 사랑은 뭔가를 만들지요. 그리고 그것이 더 가치 있는 일입니다."

사람들은 이런 장엄함과 행복함 그리고 황홀경에 빠져 완전히 날이 밝은 것을 알아차리지 못했다. 열린 문을 통해서 전혀 예기치 못했던 사물이 갑자기 눈에 들어왔다. 커다란 기둥들로 둘러싸인 광장이 앞마당을 이루었고, 그 끝에는 길고 화려한 다리가 있었다. 그것은 많은 아치로 꾸며져 있었고 강 건너에까지 이르렀다. 양 가장자리에 주랑이 있었고, 여행객들을 위해 편안하고 화려하게 꾸며져 있었다. 수천 명의 사람들이 그곳을 열심히 왔다갔다 했다. 가운데의 커다란 길은 가축과 노새, 기사와 마차들로 생기를 띠고 있었고, 그것들은 양쪽 가장자리로 아무런 방해도 받지 않고 파도처럼 이리저리 몰려다녔다. 그들 모두는 그 아늑함과 화려함에 경탄하는 것 같았고, 새로운 왕은 반려자와 함께 이 거대한 군중의 움직임과 생활에 열광하였고, 그들 서로의 사랑이 군중들을 행복하게 만들었다.

등불을 든 남자가 말했다.

"겸손한 마음으로 녹색 뱀을 생각하십시오! 녹색 뱀에게는 당신이 자신의 생명이고, 당신의 백성들은 녹색 뱀 덕분에 다리를 갖게 되었습니다. 이 다리로 인해 이웃의 강기슭이 비로소 뭍으로 연결되어 활기차게 되었습니다. 저 물위에 떠있는 번득이는 보석들, 당신을 위해 희생한 육신의 나머지들은 이 훌륭한 다리를 위한 기초입니다. 그들 위에서 다리는 스스로 지어졌고 스스로 유지될 것입니다."

사람들은 이러한 놀라운 비밀을 더 설명해 달라고 그를 졸랐다. 그 때 네 명의 아름다운 소녀가 사원의 입구에 들어왔다. 사람들은 하프와 양산 그리고 야외용 의자를 보고 즉시 백합의 시녀들이라는 것을 알아차렸다. 그 세 명보다 더 아름다운 네 번째 소녀는 모르는 사람이었다. 네 번째 소녀는 백합의 시녀들과 자매처럼 장난을 치면서 사원을 통해 서둘러 은으로 된 계단을 올라왔다.

"앞으로 내가 하는 말을 믿으시겠습니까, 사랑스러운 여인이여?"

등불을 든 남자가 백합에게 말했다.

"당신과 오늘 아침에 강에서 몸을 씻을 모든 생명체들에게 복이 깃들기를!"

젊어지고 아름다워진 노파는 더 이상 과거의 흔적이 남아있지 않았고, 그녀는 등불을 든 남자를 다시 젊어진 손으로 붙잡았다. 그는 그녀의 애교를 친근하게 받아주었다.

그는 웃으면서 말하였다.

"만약 내가 너무 늙었다면, 당신은 오늘 다른 배우자를 선택해도 좋소. 오늘부터 새로 거행되지 않은 모든 결혼은 무효입니다."

그녀가 대답하였다.

"당신은 모르시군요. 당신 역시 젊어진 것을."

"만약 내가 당신의 젊어진 눈에 씩씩한 젊은이로 보인다면 나 또한 기쁩니다. 나는 새롭게 당신의 손을 잡고 당신과 함께 앞으로 수천 년간 살고 싶습니다."

여왕은 그녀의 새로운 여자 친구를 환영하여 그녀와 그녀의 다른 친구들과 함께 제단으로 올라갔다. 그 때 왕은 두 남자 사이에서 다리를 쳐다보며 군중들이 왁자지껄하는 것을 주의 깊게 바라보았다.

그렇지만 그의 만족은 오래 지속되지 못했다. 혐오감을 일으키는 어떤 사물을 보았기 때문이다. 아직 잠에서 완전히 깨지 못한 듯한 거대한 거인이 비틀거리며 다리위로 올라와서 혼란을 불러일으켰다. 거인은 언제나 그랬던 것처럼 잠에서 깨어나 항상 가는 강가에서 목욕을 하려고 생각했었다. 그 장소에서 그는 육지를 발견하고는 다리의 넓은 보도 위를 더듬더듬 걸어갔다. 비록 그가 인간과 짐승 사이로 제아무리 우스꽝스럽게 들어왔을지라도, 거인이 가까이 다가오면 모든 사람이 뚫어지게 쳐다보았을 테지만 아무도 거인을 느끼지 못했다. 그러나 햇빛이 거인의 눈에 비쳐, 눈을 가리기 위해 손을 높이 쳐들었을 때, 거인의 엄청난 주먹의 그림자가 자신의 뒤에 있는 군중들 틈에 매우 힘차고 투박하게 거칠게 움직였고,

사람들과 동물들은 떼지어 주저앉아 상처를 입고 강물 속으로 뛰어드는 위험을 감수했다.

왕이 이 참혹한 행위를 보고는 내키지는 않았지만 칼을 집어려 했다. 그렇지만 한동안 심사숙고를 한 뒤 조용히 자신의 왕홀과 등불 그리고 자신의 반려자의 시녀들을 바라보기만 했다. 등불을 든 남자가 말했다.

"내가 당신이 뭘 생각하는지 알아맞혀 보겠소. 이런 무력한 존재에 대해 우리와 우리의 힘은 아무런 소용이 없다는 것입니다."

"조용히 하십시오! 그는 마지막으로 우리에게 손실을 끼쳤지만, 다행스럽게도 그의 그림자는 우리를 떠났습니다."

거인이 점점 가까이 오는 동안 눈에 보이는 모든 것에 너무나 놀라 손을 떨어뜨리고, 더 이상 손해를 끼치지 않았으며, 입을 멍하니 벌린 채 앞마당으로 들어섰다.

그러고는 곧장 사원의 문가로 가서, 갑자기 뜰의 한가운데 바닥에 멈춰 섰다. 그는 붉게 번쩍이는 돌로 이루어진 거대하고 강력한 조상이 되어 그 자리에 서 있었다. 그의 그림자는

괴테의 예술동화

시간을 가리켰으며, 그것은 땅 위에 그려진 원 안에서 그림자를 중심으로 돌며, 숫자의 형태가 아닌 고귀하고 의미심장한 형상의 형태로 드러났다.

왕은 괴물의 그림자가 유용하게 사용되는 것을 보고 적잖게 기뻐했다. 여왕은 매우 화려하게 장식을 하고 그녀의 시녀들과 함께 제단에서 내려왔다. 다리 위에 있는 사원의 시야를 거의 차단해버리는 그 기묘한 광경을 보고 여왕은 내심 놀랐다.

그러는 동안 군중은 가만히 서 있는 거인에게 몰려들어 그를 둘러싸고 그의 변신에 놀라워했다. 그러고 나서야 군중은 겨우 사원을 알아차리고 문을 향해 몰려갔다.

이 순간 거울을 든 매가 지붕 위에서 높이 날아올랐고, 태양빛을 붙잡아 그것을 다시 제단 위에 서 있는 사람들에게 비쳐주었다. 왕과 여왕 그리고 그들의 시종들은 아침햇살이 비치는 사원에서 하늘의 광채에 받으며 등장했다. 백성들은 왕의 면전에 머리를 조아렸다. 많은 군중들이 다시 정신을 차리고 일어섰을 때, 왕은 그의 가족과 함께 감춰진 회랑을 지나 성으로 가기 위해 제단으로 올라간 뒤였다. 그리고 군중들은 뿔뿔이 흩어져 사원으로 들어가서 그들의 호기심을 충족시켰다. 그들은 경탄과 외경심을 지니고 세 명의 꼿꼿하게 서 있는 왕들을 살펴보았다. 그렇지만 네 번째 벽감이 있는 양탄자 밑에 뭔가가 숨겨져 있을 수 있다고 생각한 군중은 점점 탐욕스러워졌다. 그러나 그 어느 누가 원했다 할지라도, 무너져 내린 왕 위로 선의의 겸손함이 화려한 덮개를 펼쳐 놓아, 어떤 눈도 그것을 꿰뚫어 볼 수 없었고, 어떤 손도 그것을 감히 치우려 하지 못했다.

군중은 끝없이 구경하고 감탄하였으며, 사원에는 몰려드는 대중들로 꽉 차지만, 그들은 두 번 다시 거대한 광장을 주목하지는 않을 것이다.

예기치 않게 금화가 허공에서 짤랑거리며 대리석판에 떨어졌다. 가까이 있던 여행객들이 그것을 차지하기 위해 몸을 던졌다. 이 기적이 때로는 이곳에서 때로는 저곳에서 되풀이하여 일어났다. 도깨비불들이 물러가면서 다시 한 번 재미를 주고, 무너져 내린 왕의 사지에서 유쾌한 방식으로 금을 던져준 것이라는 것을 사람들은 이해하였다. 사람들은 한동안 더 탐

욕스럽게 이리저리 달려, 밀치고 흩어지고 하였으나, 더 이상 금은 떨어지지 않았다. 마침내 군중들도 사라졌고, 거리가 만들어졌으며, 그 다리는 오늘날까지도 여행객들로 북적이며 그 사원은 이 세상에서 가장 사람들이 많이 찾는 곳이 되었다.

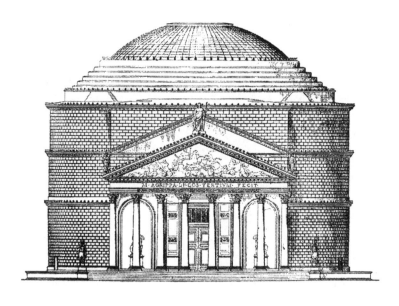

『괴테의 예술동화』에 나타난 상상력과 환상

임 용 호

　　괴테는 동화에 많은 관심을 가
지고 있었으나 일생동안 세 편의 동화를 썼다. 세 편의 동화는
「새로운 파리스」「새로운 멜로지네」「동화」이다.

　「새로운 파리스」는 일곱 살쯤 된 괴테가 또래 친구들에게
낭독하여 많은 박수를 받았던 작품이다. 괴테는 예순 살에 쓴
자전적 소설 『시와 진실』(Dichtung und Wahrheit, 1883)에 삽입하
였다. 「새로운 멜로지네」 역시 『빌헬름 마이스터의 편력시대』
(Wilhelm Meisters Wanderjahre, 1829)에 삽입하였다. 마지막으로

「동화」(Das Märchen)라는 이름으로 발표하여 예술동화의 장르를 부여했으며, 이 또한 『독일 피난민의 대화』(Unterhaltungen deutscher Ausgewanderten, 1794)의 끝부분에 삽입하였다.

괴테는 그의 예술동화를 하나의 장르라기보다 위대한 작품 속에 보석처럼 삽입하여 발표하였다.

우선 「새로운 파리스」는 그리스 신화 중에서 트로이의 왕자 파리스가 헤라, 아테네 그리고 아프로디테 중에서 가장 아름다운 여인에게 황금사과를 주라는 제우스의 위촉을 받았다는 이야기에서 힌트를 얻어 엮은 동화이다.

「새로운 멜로지네」는 프랑스에서 건너와 독일에서 널리 퍼진 민속동화의 여주인공 이름이다. 멜루지네는 물의 요정이지만 인간의 모습을 하고 인간과 사랑에 빠져 그의 아내가 된다. 어느 날 목욕을 하던 중 얼떨결에 물의 요정으로 되돌아가는 모습을 남편에게 들켜 인간세계를 떠나게 된다. 그러나 이 작품에서 여주인공은 물의 요정이 아니라 난쟁이 나라의 공주로 반지의 힘으로 보통의 인간이 되어 인간세계에서 남편을 찾아 결혼한다는 내용이다.

마지막으로 「동화」는 괴테가 쓴 동화로 나름대로 동화의 개념에 대한 정의를 내리려고 발표한 작품이다. 폭풍이 몰아치는 한밤에 도깨비불들이 강을 건너간다. 그리고 그림자로 이루어진 젊은이도 강을 건너간다. 폭풍우가 몰아치는 강을 건너서 백합이 거주하는 정원으로 모여 모두(도깨비불, 젊은이 녹색 뱀, 등불을 든 노인과 그의 부인 그리고 뱃사공)가 합일된 행동으로 하나의 새로운 세계를 갈망하며 협동적 활동에 참여한다. 한 젊은 왕이 중심이 되어 지혜, 빛의 세계 그리고 힘의 세계가 조화롭게 결합하여 동시에 사랑의 힘에 의해 새로운 세계가 탄생한다. 다시 말하면 처음의 폭풍우가 몰아치는 무질서의 세계에서 조화롭고 새로운 세계로 형상화되어 가는 과정을 묘사한다.

괴테는 동화를 구상하고 쓰는 목적이 자신뿐만 아니라 독자에게 호기심을 불러 일으켜 그들을 즐겁게 해주는 데에 있었다. 그래서 괴테의 예술동화는 상상력으로부터 이야기가 전개된다. 동화는 합리적인 성격을 띠고 있지 않다. 동화는 오성의 창작품이 아니라 상상력과 환상이 동화를 창출하기 때문이다.

그래서 동화는 물론 해석될 수 있는 것이 아니기는 하지만 그렇다고 해석 불가능하다고 해서도 안 된다. 그러므로 괴테의 예술동화는 상상력과 환상의 세계가 동화와 어우러진다.

동화에 있어서 상상력

　　　　　　「새로운 파리스」는 어린 괴테 자신이 산책을 하다 아름다운 문을 발견하고 그 문 속으로 들어가면서 사건이 전개된다. 이 사건은 그리스 신화가 모티브가 되지만 마치 어린 괴테 자신이 문으로 발을 들여놓음으로 자연스럽게 상상력의 세계로 들어가 괴테 나름의 신화(이야기)를 전개한다.

　「새로운 멜로지네」는 『니벨룽의 대서사시』에서 지크프리트와 결투하여 패배함으로 지하세계의 전 재산을 주고, 부하가 되는 난쟁이 나라의 에크발트 왕의 공주가 지하세계의 바위 틈새를 빠져나와 지상세계로 나옴으로 사건이 전개된다. 공주는 반지의 힘을 빌려 보통 크기의 사람이 된다. 그녀는 남편을 찾으려는 모험을 시작하면서 상상력의 세계(지하세계)에서 지상세계로 나와서 다시 지하세계로 들어가는 형식으로 이야기가 전개된다.

　「동화」는 처음으로 도깨비불들이 폭풍우 속에서 배를 타고 강을 건너므로 상상력의 세계 속으로 넘어가면서 이야기가 전개된다.

괴테는 동화를 전개해 가는 데는 상상력의 유희성을 유발시키기 위해서 모든 대상에서 나온 세계를 비유함으로 현실세계에서는 불가능한 것을 상상력의 세계(동화의 세계)에서는 가능한 것으로 정당화시킨다. 괴테의 이러한 경쾌한 상상력의 유희는 현실세계에서는 불가능하고 그럴듯하지 않은 것을 그럴듯하게 의심의 여지가 없는 것으로 변화시킨다.

괴테에 의하면 동화는 상상력에서부터 우러나온 순수한 창작품이기는 하지만 동화 속에 하나의 법칙성이 내재되어 있는 것을 전혀 배제할 수 없다. 다시 말하면 동화는 아무런 법칙도 없이 이리저리 움직이는 무법칙의 원칙처럼 보이지만 정확하게 보면 상상력의 다양한 방법으로 규제된다. 감정, 윤리적 요구, 독자의 욕구 등을 통해서 그리고 가장 알맞게는 이성이 그 나름의 권리를 행사하는 취향에 의하면 규제된다는 것이다.

동화에 있어서 환상

　　　　동화에서 환상은 상상력을 통해서 등장인물들에게 마력을 부여함으로 이야기 속에서 환상의 세계로 들어가게 한다. 요정, 무생물, 광물, 식물, 동물이 인간세계와 똑같이 의인화하고, 변심을 하게 하여 마력을 부여한다. 사건진행에서 과제를 부여한 자와 과제를 해결하는 자 사이에서 불가능한 과제나 수수께끼(불가사의 한 질문)를 부여하여 해결하며 마력을 부여한다. 저주를 해결하는 방법으로 마력을 부여한다. 사건진행에서 예언에 마력을 부여한다.

　「새로운 파리스」에서는 사과들이 인형만한 세 명의 아가씨로 변한다. 손가락 끝에서 귀여운 어린 소녀가 춤을 춘다. 황금다리 위에서 마노로 병정놀이를 하다 파괴되면 원래 모습으로 이리저리 방황하다 벽 쪽으로 사라진다.

　「새로운 멜로지네」에서는 작은 상자 속에서 아내가 기거하고 있다. 아내가 준 지갑에는 아무리 사용해도 언제나 돈으로 가득 차 있다. 반지를 통해서 지상세계로 나왔듯이, 반지를 통해서 다시 지하세계로 들어간다.

「동화」에서는 도깨비불들이 배를 타고 강을 건넌다. 녹색 뱀이 말을 한다. 등불을 든 노인이 동굴의 돌들을 금으로, 나무를 은으로, 죽은 동물을 보석으로 변신케 한다. 백합은 손으로 어루만짐으로 생명을 주기도 뺏기도 한다. 마지막으로 예언에 따라 지하에 묻어있던 사원이 강가에 솟아오른다.

괴테는 일생동안 세 편의 동화에 관심을 가졌지만 최초로 쓴 「동화」는 발표되면서부터 많은 논란의 여지를 준 작품이지만 비유적, 상징적인 작품으로 오늘날까지도 수수께끼 같은 작품으로 논란의 대상이 되고 있다. 괴테는 동화가 비록 문학의 왜소한 장르라고 할지라도 그것을 예술적으로 형상화한다면 진지한 문학 장르가 될 수 있다는 것을 「동화」에서 확신했다.

두 편의 동화들(「새로운 파리스」「새로운 멜로지네」)에서 사건진행의 마무리는 언제나 처음 시작한 것으로 되돌아온다. 그러나 「동화」는 무질서에서 질서를 이루는 과정을 묘사하고 있다. 특히 녹색 뱀의 희생이 작품의 큰 비중을 차지하고 있다. 그래서

『괴테의 예술동화』는 작품 속에서 그의 인생의 체험을 밝히고 그의 철학적, 윤리적, 자연과학적 견해와 더 나아가 국가관을 체계 있게 정립하고 있다. 뿐만 아니라 예술적이고 교육적인 이성의 영역을 기초로 하고 있다. 그리고 등장인물의 묘사와 작품이 지니고 있는 예술적, 교육적, 윤리적인 근본사상이 고전주의 이념에 입각하고 있어 고전주의 예술동화의 전형이라 할 수 있다.

요한 볼프강 폰 괴테
연보

Johann Wolfgang von Goethe

1749년 8월 28일

프랑크푸르트 암 마인(Frankfurt am Main)에서 태어났다. 아버지 요한 카스파르 괴테(1710~1782)는 명목상의 황실 고문관으로 법학을 공부한 부류한 인사였으며, 어머니 카트리나 엘리자베트(1731~1808)는 프랑크푸르트 시장의 딸로서 천성적으로 활발하고 명랑했다.

1750년(1세)

누이동생 코르넬리아 태어났다. (그 이후 출생한 남동생들, 여동생들은 모두 출생 후 얼마 지나지 않아 사망했다).

1757년(9세)

조부모에게 신년시를 써서 보냈다(보존되어 있는 괴테의 시 중에 가장 오래된 것이다).

1759년(10세)

프랑스군이 프랑크푸르트를 점령했다. 군정관 토랑(Thoranc) 백작이 2년쯤 괴테의 집에 머물렀는데, 그를 통해 소년 괴테는 미술과 프랑스 연극에 대해 깊은 관심을 갖게 되었다.

1765년(16세)

10월 라이프치히대학에 입학했다. 베리쉬(Behrisch), 스토크(Stock), 외저(Oeser) 등의 예술가들과 사귀며 문학과 미술 공부를 하였고, 그리스 연구가 빙켈만(Winckelmann)의 글을 읽고 계몽주의 극작가 레싱(Lessing)의 연극을 관람했다.

1766년(17세)

레스토랑 주인 쇤코프의 딸 케트헨을 사랑했다. 그녀에게 바친 시집 「아테네」(Annette)는 베리쉬에 의해 보존되었다.

1767년(18세)
첫 희곡 『연인의 변덕』(Die Laune des Verliebten)을 썼다.

1768년(19세)
케트헨과의 애정 관계를 끝냈다. 6월 빙켈만의 살해 소식을 듣고 큰 충격을 받았다. 7월 말 각혈을 동반한 폐결핵에 걸려 학업을 중단하고 고향으로 돌아왔다.

1769년(20세)
11월 이전 시작한 희곡 『공범자』(Die Mitschuldigen)을 완성했다.

1770년(21세)
슈트라스부르크대학에 입학하여 법학 공부를 계속했다. 눈병 치료차 슈트라스부르크에 온 헤르더(Herder)와 교유하며 문학과 언어에 관해 많은 영향을 받았다. 10월 근교의 마을 제젠하임에서 목사의 딸 프리드리케 브리온(Friederike Brion)을 만나 사랑에 빠졌다.

1771년(22세)
프리드리케와 자주 교제하면서 그녀를 위한 서정시를 많이 썼다. 슈트라스부르크대학에서 공부를 마쳤다. 8월 프리드리케와 작별하고 고향으로 돌아와 변호사를 개업했으나 문학에 더 몰입했다. 슈트름 운트 드랑(Sturm und Drang)의 성향이 짙은 희곡 『괴츠 폰 베를리힝엔』(Goetz von Berichingen)의 초고를 썼다

1772년(23세)
아버지의 제안에 따라 벳츨러의 고등법원에서 견습생활을 하다. 그곳에서 만난 샤로테 부프(Sharlotte Buff)를 연모하게 되었으나 약혼자가 있어 단념했다. 이 못 이룬 사랑이 『젊은 베르테의 슬픔』(Die Leiden des jungen werther)의 소제가 되었다.

1773년(24세)

『괴츠』를 출간하고 슈트라스부르크 시절부터 구상했던 『파우스트』(Faust)의 집필을 처음 시작했다. 시 「마호메트」(Mahomet) 「프로메테우스」(Prometheus)를 쓰고, 오페레타 『에르빈과 엘미레』(Erwin und Elmire)의 집필을 시작했다.

1774년(25세)

『젊은 베르테르의 슬픔』(Die Leiden des jungen werther)을 4월에 완성했다. 『괴츠』가 베를린에서 초연되었고, 희곡 『크라비고』(Clavigo)를 썼다. 당대의 대시인 클롭스토크와 편지를 교환하다.

1775년(26세)

프랑크푸르트 은행가의 딸 릴리 쇠네만을 사랑하여 약혼하였으나 반년 후에 파혼했다. 희곡 『스텔라』(Stella)를 썼다. 칼 아우구스트(Karl August)공의 초청을 받아 바이마르를 방문했다.

1776년(27세)

바이마르에 머물기로 결심하고, 7월 추밀원 고문관에 임명된 후 바이마르 공국의 정치에 관여했다. 궁정 여관(女官) 샤로테 폰 슈타인(Schalotte von Stein) 부인과 깊은 우정 관계를 맺고 그녀의 많은 격려와 도움을 받았다.

1777년(28세)

『공범자들』, 『에르빈과 엘미레』가 공연되었다.

1778년(29세)

희곡 『에그몬트』(Egmont)에 전념하여 집필을 시작했다.

1779년(30세)

『이피게니』(Iphigenie)(산문)를 완성하여 초연했다. 슈투트가르트를 방문하여 실러가

생도로 있는 칼(Karl) 학교를 방문했다.

1780년(31세)
희곡 『타소』를 구상했다. 『파우스트』의 원고를 아우구스트 공 앞에서 낭독했다. 그 원고를 궁정 여관 루이제 폰 괴흐하우젠이 필사해 두었다. 그것이 훗날 『초고 파우스트』(Urfaust) 출간을 가능하게 했다.

1982년(33세)
황제 요세프 2세로부터 귀족을 칭호를 받았다. 아버지가 별세했다.
『빌헬름 마이스트 시대』(Wilhelm Meisters)의 집필을 시작했다

1986년(37세)
식물학과 광물학의 연구에 관심을 기울였다. 칼 아우구스트 공, 슈타인 부인, 헤르더 등과 휴양 차 칼스바트에 체재하다가 몰래 이탈리아 여행길에 올랐다. 로마에서 화가 티슈바인, 앙겔리카 카우프만, 고고학자 라이펜슈타인 등과 교우하며 고대 유적의 관찰에 몰두했다. 『이피게니에』를 운문으로 형식으로 개작했다.

1987년(38세)
이탈리아 체류를 연상하고 나폴리와 시칠리아 섬까지 돌아보았다. 『에그몬트』(Egomont)를 완성하여 원고를 바이마르로 보냈다.

1788년(39세)
6월에 스위스를 거쳐 바이마르로 돌아왔다. 귀환 후 슈타인 부인과의 관계가 소원해졌다. 평민 출신의 크리스티아네 불피우스와 만나 동거하기 시작했다. 실러와 처음 만났으나 절친한 관계는 이르지는 못 했다. 실러는 괴테의 주선으로 예나대학의 역사학 교수 자리를 얻었다.

1789년(40세)

크리스티아네와의 사이에 아들 아우구스트가 태어났다. 당대의 학자 빌헬름 폰 훔볼트와 친교를 맺었다.

1790년(41세)

괴센 판 괴테전집에 「파우스트의 단편」(Faust, ein Fragment)을 수록했다. 색채론과 비교해부학 연구에 몰두했다.

1791년(42세)

바이마르에서 『에그몬트』가 초연되었다.

1792년(43세)

프랑스 혁명군에 대항하는 프러시아군에 소속되어 베르텡 공반전에 종군했다.

1793년(44세)

연합군의 일원으로 프랑스군 점령지인 마인츠 포위전에 참가했다가 8월 귀환했다. 그 체험을 살려 희곡 『흥분된 사람들』(Die Aufgeregten)을 썼다.

1794년(46세)

『독일피난민의 대화』(Unterhaltungen deutscher Ausgewanderten)를 출간했다. 훔볼트 형제와 해부학 이론에 관심을 쏟았고, 실러와 공동으로 경구집 「크세니엔」(Xenien)의 출간을 구상했다.

1787년(48세)

서사시 「헤르만과 도르테아」(Hermann und Dorothea)를 집필했다.

1799년(50세)

티크 슬레겔과 친교를 맺었다. 희곡 『사생아』의 집필을 시작했다.

괴테의 예술동화

1803년(56세)

5월에 실러가 죽었다. 괴테는 그의 죽음을 애도했다.

1806년(57세)

나폴레옹 군대에 의해 바이마르가 점령되었다. 크리스티아네와 정식으로 결혼식을 올렸다.

1807년(58세)

아우구스트 공의 모친 안나 나말리아가 사망하여 추도문을 작성했다. 『빌헬름 마이스터 편력시대』(Wilhelm Meisters Wanderjahre)의 집필을 시작했다.

1808년(59세)

『파우스트』(Faust) 1부가 출간되었다. 『친화력』(Wahlverwandtschaften)을 구상하고 집필을 시작했다. 9월 어머니가 별세하고 나폴레옹과 두 차례 회견했다.

1810년(61세)

칼스바트와 그레스텐으로 여행했다. 『색채론』을 완성했다. 자전적 소설 『시와 진실』(Dichtung und Wahrheit)의 집필을 시작했다.

1811년(62세)

『시와 진실』(Dichtung und Wahrheit)에 전념하여 9월1일에 1부를 완성했다. 『에그몬트』에 대한 베토벤의 편지를 받고 2부를 집필했다.

1812년(63세)

베토벤의 음악과 함께 『에그몬트』가 초연되었고, 칼바르트에서 베토벤을 여러 번 만났다.

1813년(64세)

『시와 진실』 3부를 완성하고 『이탈리아 기행』의 집필을 시작했다.

1814년(65세)

페르시아의 시인 하피스의 시집 「디반」을 읽고 자극을 받아 「서동시집」을 착수했다. 라인과 마인지방을 방문했다.

1815년(66세)

바이마르 재상으로 임명되었다. 희곡 『에피메니네스의 각성』이 공연되고, 「서동시집」에 수록될 140편 정도의 시가 쓰였다.

1816년(67세)

아내 크리스티아네가 중병으로 사별했다. 『이탈리아 여행기』 1부를 완결하고 바로 2부의 집필을 착수했다. 잡지 「예술과 고대」의 발간을 시작했다.

1819년(72세)

『빌헬름 마이스터 편력시대』를 완성하여 출간했다.

1823년(74세)

괴테의 숭배자 에커만(J.P. Eckermann)이 찾아와 비서가 되었다. 그는 만년에 『괴테와의 대화』(Gespreche mit Goethe in den letzten seines Lebens)의 필자가 되었다.

1828년(79세)

칼 아우그스트 공이 사망했다.

1829년(80세)

『파우스트』 1부가 다섯 개 도시에 공연되었다. 『이탈리아 여행기』 전편이 완결되었다.

1830년(81세)

아들 아우구스트가 로마에서 사망했다. 폐결핵에 걸려 각혈까지 하게 되었다.

1832년(82세)

『파우스트』 II부를 완성하였다. 82회 생일을 일메나우에서 보냈다.

1832년(83세)

3월22일 운명했다.

예술동화 Die Kunstmärchen

초판인쇄 2016년 2월 20일 / 3쇄 발행 2017년 12월 20일 발행 / 개정 초판 2019년 10월 15일 / 저자 요한 볼프강 폰 괴테 / 옮긴이 임용호 / 펴낸곳 도서출판 종문화사 / 편집·디자인 IRO / 인쇄 ·제본 한영문화사 / 출판등록 1997년 4월1일 제22-392 / 주소 서울 은평구 연서로34 길2 3층 / 전화 (02)735-6891 팩스 (02)735-6892 / E-mail jongmhs@hanmail.net /값 12,000원 / © 2019, Jong Munhwasa printed in Korea / ISBN 979-11-87141-49-5 (03850)